.

奥斯维辛的文身师

THE TATTOOIST OF AUSCHWITZ
HEATHER MORRIS

〔澳〕希瑟·莫里斯———— 著

栾天宇———— 译

湖南文艺出版社

博集天卷
CS-BOOKY

雅众文化 出品

这是一部基于一位奥斯维辛幸存者一手证词的小说作品，它不是一份关于大屠杀事件的权威记录。有很多文件比这本小说更加详尽地记录了那段可怕历史的事实，我也很希望感兴趣的读者能找出它们读一读。拉莱在奥斯维辛－比克瑙集中营遇到了很多警卫和囚犯，书里的描写是远远不够的。某些时候，我将多个人的形象融于一个人物身上，这也简化了一些情节。虽然书中有些相遇和交谈是虚构的，但叙述的绝大多数故事都不容置疑，呈现出的事实也都有据可查。

（希瑟·莫里斯 注）

纪念拉莱·索科洛夫
感谢你放心地将你和吉塔的故事托付于我

序 言

　　拉莱尽量不抬头看。他伸手接过递给他的纸条。他必须把这四个数字文到拿着纸条的女孩身上。她们身上已经有一个号码了，但是已经褪了色。他把针刺入她的左臂，尽可能轻轻地文了一个"4"。鲜血渗出皮肤。但是针头扎得还不够深，他要重新描一遍这个号码。拉莱知道这会造成怎样的疼痛，但她丝毫没有畏缩。**他们被警告——什么都不能说，什么都不能做。**[1] 他擦去流出来的血，蘸了绿色的墨水擦在伤口上。

　　"快点！"佩潘轻声说。

　　拉莱花了太长时间。给男人的胳膊文身是一回事，但玷污年轻女孩的身体是一件可怕的事。拉莱抬眼瞟见一个身穿白大褂的男人慢慢朝女孩们的队伍走过来。这个男人时不时地停下检查惊慌失措的年轻女孩的脸蛋和身体。最终他走到拉莱面前。拉莱尽

---

1. 本文中粗体字对应原文斜体，多为主人公心理活动的表达。（编者注）

1

自己所能轻轻地抓着面前女孩的胳膊，那个男人用手抓住她的脸，粗鲁地左右摆弄。拉莱抬头看到那双受惊的眼睛。她的嘴唇好像准备好了要说话。他轻轻捏了捏她的胳膊阻止她。她看着拉莱，他摆嘴型告诉她，"嘘"。穿白大褂的男人放开她的脸，接着走开了。

"很好。"他低声说，同时开始文剩下的三个数字——５６２。完成之后，他多握了会儿她的手臂，再次望向她的双眼。他勉强挤出一个微笑。她嘴角上扬回应了他。她的双眼在他面前闪烁。看着它们，拉莱的心跳好像一下子停止了，而后袭来的是第一次心跳的感觉，怦怦直跳，像要冲出他的胸口。他低下头，脚下的地面似乎在来回摇晃。这时另一张纸条塞了过来。

"快点，拉莱！"佩潘急忙低声叫他。

他再次抬头的时候她已经离开了。

第一章

1942 年 4 月

　　火车哐当哐当地开在乡间。拉莱抬着头，自顾自地呆坐着。二十四岁的他觉得认识身旁这人没有什么意义——那人在打瞌睡，偶尔还会靠到他的肩膀上；拉莱也并没推开他。数不清的年轻小伙儿们被塞进了这本该用来运牲口的火车厢，而他，只是其中之一。没人告诉他们这是要去哪里。拉莱穿着他平时的衣服：熨平的西装，干净的白衬衫，戴着领带 ——**总得穿得给别人留下好印象**。

　　他打量着这个拘禁着他的空间，估摸着它的大小。这车厢大概两米半宽，但是他没办法估算长度，因为看不到尽头。他又试图数一下同行有多少人，但是人头攒动，上下颠簸，他最终还是放弃了这个念头。他不知道还有多少节这样的车厢。他的后背和双腿都很疼，脸还有些痒。冒出的胡茬提醒着他，自从两天前上了车，他就没有洗过澡，也没刮过胡子。他觉得自己越来越不像自己了。

　　其他人想要跟他搭话的时候，他都会回应一些鼓励的话，试图把他们的恐惧化为希望。**我们站在屎堆里，但不能溺死其中**。有人嘀咕着对他的外表和举止指指点点，骂他有上等人的那种装腔作势。"瞧瞧你现在，不也这副狼狈样嘛。"他尽量不去理会这些话，对那些有敌意的目光回以微笑。**我又能取笑谁呢？我跟其他人一样害怕。**

一个年轻人紧盯着拉莱，挤过他身前乱哄哄的一堆人，朝拉莱挪过去。一路上有几个人推搡着他。**努力争取的，才是自己的地方。**

"你怎么能这么冷静？"年轻人问，"他们可是有枪的。这群混蛋用枪指着我们，逼我们上了这……这牲口车。"

拉莱冲他笑了笑："我也没想到会是这样。"

"你觉得我们这是去哪儿？"

"这并不重要。只要记住，我们在这里，我们的家人就可以安全待在家里。"

"但是万一……"

"不要'万一'。我不知道，你不知道，我们谁都不知道。他们怎么说，我们就怎么做吧。"

"等停下来的时候，我们要不要试试拿下他们？我们比他们人多。"这个年轻人脸色苍白，面带疑惑。他握紧双手在跟前挥了几拳，却也有点力不从心。

"我们有拳头，他们有枪——你觉得谁能赢？"

年轻人默不作声。他一侧肩膀挤在拉莱胸前，拉莱能闻到他头发散发出的油腻和汗臭的味道。他的双手无力地垂在两边。"我叫阿伦。"他说。

"我叫拉莱。"

周围的人开始留意他们的对话，抬头看看这俩人，然后又继续沉默，深陷各自的忧虑之中。他们共有的是恐惧，还有青春，以及信仰。拉莱努力不让自己去瞎想后面会发生什么。有人告诉他，他这是要被带去给德国人做事——他也正打算这样做。他想到故乡的家人。**他们是安全的。**他做出了牺牲，不会后悔。如果可以再选择一次，他依然会这样做，依然要让挚爱的家人留在家里，在一起。

似乎差不多每隔一小时，都有人问他相似的问题。拉莱被问累了，就开始回答"等等看吧"。他不明白为什么大家直接把问题抛给他。他没有特别的学识。没错，他穿西装打领带，但这是唯一能看到的不同了，其他方面他和别人毫无二致。**我们都被绑在同一条肮脏不堪的船上。**

在这拥挤的车厢里，他们不能坐着，更别说躺下了。这里的厕所就是两个桶。桶满了，大家自然就想离恶臭远一点，便有人开始打架。桶被撞翻，一地污秽。拉莱紧紧抱着他的手提箱，不管去哪儿，他都希望这里面的钱和衣服能够给他换来自由，或者，再不济，也能给自己换来一份安全的工作。**或许在那里，我的语言能派上用场。**

他庆幸自己终于挪到了车厢边上。透过横木板条间狭小的缝隙，他能瞥见一路飞逝的乡间景色。丝丝新鲜的空气稍稍平复了他想要呕吐的感觉。现在可能是春天，但连日阴雨，乌云重重。他们偶尔会路过春花灿烂的田间，每当这时，拉莱会暗自微笑。花啊！他很小的时候就知道——他母亲告诉他的，女人爱花。下次他送花给姑娘，不知道会是什么时候了？他尽情看着想着，它们明艳的色彩在眼前闪过，遍野的罂粟花在微风中轻轻摇曳，一片绯红。他发誓，下次送花，他一定要亲自去采。他从未想过花儿可以这样成片成片地疯长。他的母亲曾经在花园里种过一些花，但她从来不摘，也不把它们拿进屋。他开始在心里盘算着"回家后"要做的事……

又有人开始打架——混战，嚎叫。拉莱看不清是怎么回事，但是他感觉得到身体的扭打和推搡。然后，一片沉默。昏暗中，有人说："你杀了他。"

"走运的家伙。"有人咕哝道。

可怜的家伙。

我的人生还美好，不能在这破地方结束。

一路上车停了很多站，有时候停几分钟，有时候几小时，几乎都是停在镇子或者村庄外。拉莱偶尔会在火车加速路过的时候瞥见站台的名字：兹瓦尔东、杰济采。然后过了一会儿，丹科维采，到了这里他就确信他们已经到了波兰境内。但不确定的是，他们会停在何处？这一路的大部分时间里，拉莱都沉浸在他对布拉迪斯拉发生活的回忆之中：他的工作，他的公寓，他的朋友们——尤其是女性朋友们。

火车再一次停下了。周遭一片漆黑，乌云挡住了月亮和星星，没有一丝光亮。不知道这黑暗是否预示着他们的未来？**一切就是现在的样子。我能看到、感受到、听到和闻到的样子**。他看到的只有像他一样的人，年轻的、通向未知的人。他听到饿瘪了的肚子发出咕噜噜的抗议，干燥的喉咙也发出十分沙哑的嘶声。他闻到的是小便、粪便的恶臭，还有好久都没洗澡的体臭。大家都趁着没被推到一边，稍事休息，没必要为了一点地盘争来斗去。现在，拉莱的肩膀上不止躺靠着一个脑袋了。

后面几节车厢传来了一阵嘈杂，而且声音似乎越来越近。那些车厢里面的人再也忍受不了了，试图要逃出去。他们撞着车厢木头的那一边，砰砰地猛击——听声音一定用的是便桶。这声音吵醒了所有人。很快，每节车厢都爆发出自内向外的暴乱。

"帮不帮忙，不帮就滚开。"一个壮汉猛然扑向那边时冲着拉莱喊。

"别浪费力气了。"拉莱说，"如果我们能撞破这些车厢，你们难道不觉得一头牛早就逃走了吗？"

6

几个男人收了手，气冲冲地朝他转过身。

他们听进去了拉莱的话。火车继续颠簸着向前。或许管事的那些人早就知道，颠簸的行进会平息这场骚乱。车厢又重归安静，拉莱闭上了眼睛。

拉莱回到了斯洛伐克克龙帕希的父母家，接着听到了小镇上的犹太人要被集中起来送去为德国人工作的消息。他知道犹太人不被允许继续工作，他们的生意也被没收了。近一个月以来，他在家里帮帮手，跟父亲和哥哥一起修修东西，给小外甥们做做新床——他们的小床已经睡不下了。拉莱的姐姐起早贪黑地偷偷出去做裁缝，她是家里唯一的收入来源。她是最好的雇员，她的老板愿意为她冒险。

一天晚上她回到家，带了一张被要求挂在商店橱窗里的海报。上面写着，每个犹太家庭要交出一个年龄超过十八岁的孩子为德国政府工作。其他镇子上发生的事早已传到这里，看样子克龙帕希也无法幸免。似乎斯洛伐克政府默许了希特勒更多的行动，满足他的所有要求。海报上用加粗字体警告这些家庭，如果有孩子符合条件却没交出来，那么全家都会被送去集中营。拉莱的哥哥马克斯当即说他会去，但是拉莱不可能让他这样做。马克斯有妻子，还有两个年幼的孩子。家里需要他。

拉莱主动在当地政府部门报了名，服从调配。处理这个事的官员是他以前的朋友——他们曾一起上学，跟彼此的家人也都很熟络。拉莱被告知自行前往布拉格向有关当局报到，等待下一步指示。

两天后，火车再次停下了。这一次外面传来很大的骚乱声。在车里能听到狗叫，还有用德语呼来喝去的命令。门闩被拨开，车厢门咣啷咣啷地开了。

"从车上下来，留下你们的东西！"士兵喊道，"快点，快点，

7

跟上！把所有的东西都放到地上！"拉莱在离门很远的那边，是最后几个下车的人之一。走到门边的时候，他看到了骚乱中被打死的那人的尸体。他闭了会儿眼，为这个人的死亡做了简短的祷告。然后他就离开了车厢，但离不开的是他那身恶臭——这恶臭深深浸入他的衣服、他的皮肤和他的每个细胞。拉莱跪在地上，双手撑在碎石路上，就这样过了许久。气喘吁吁，筋疲力尽，口渴难捱。他慢慢站起身，看了看周围上百个惊慌失措的人。大家都在想办法弄清楚现在的状况。狗在猛咬那些走得慢的人。毕竟这么多天没走路了，很多人磕磕绊绊的，腿上的肌肉都在"罢工"。有些人不想交出财产或者仅仅是听不懂命令，他们的手提箱、一捆捆书和仅剩的一点财产也都被抢了。紧接着迎接他们的就是拳打脚踢。拉莱仔细看了看这些穿制服的人。他们一脸凶狠，面带威胁。他们外套领子上的双闪电标志让拉莱知道了自己在跟什么人打交道——纳粹党卫队。换个不同的情境，他大概会欣赏这衣服的做工——布料挺括，剪裁精良。

他把行李箱放在地上。**他们怎么会知道这个就是我的?**他打了个寒噤，意识到自己可能再也见不到这个箱子和里面的东西了。他摸了摸胸口藏钱的上衣口袋。他抬头望了望天，深吸了口新鲜冷冽的空气，提醒自己至少已经到了外面。

一声枪响划破天空，拉莱下意识惊了一下。他面前站了个党卫队军官，拿枪指着天。"动起来！"拉莱余光瞥了一眼身后空了的火车。衣服吹得到处都是，书页也随风翻动。几辆卡车开了过来，从中钻出几个小男孩。他们抓起丢了满地的东西扔到车里。拉莱感到肩上沉重无比。**对不起，妈妈，他们拿走了你的书。**

这群人步伐沉重地朝着前面若隐若现的砖楼走去，砖是脏粉色的，还能看到有几扇落地窗。树木在入口处站成一行，洋溢着春天的生机。拉莱走进开着的铁门，抬头看了看门上锻刻的德语

"ARBEIT MACHT FREI"。

劳动使人自由。

他不知道现在在哪儿，也不知道他要做什么工作，这句话对他来说简直像是一个恶心的玩笑。

党卫队，步枪，恶狗，财物被掠走——这都是他曾经无法想象的。

"我们在哪儿?"

他转身看见了身边的阿伦。

"我觉得，我们到了。"

阿伦脸色沉了下来。

"他们怎么说你就怎么做，这样就不会有什么问题。"拉莱知道他这么说听上去并没有什么说服力。他们朝对方笑了笑。内心深处，拉莱自己也接受了自己的建议：**叫你做什么就做什么。要一直服从。**

进了院子之后，这些男人被赶着站成竖列。拉莱这一列的最前面是一个看起来饱经风霜的犯人，坐在一张小桌子前。他穿着蓝白相间竖条纹的上衣和裤子，胸口的位置有一个绿色的三角形标。他身后站着一个党卫队军官，手里端着枪随时准备射击。

乌云滚滚而来，远处也传来轰隆隆的打雷声。大家就这样等待着。

一队士兵护送一个高级军官来到了人群前方。他有着方下巴、薄嘴唇，眼睫毛浓密乌黑。和护送他的士兵相比，这个军官的外套反而显得很简单朴素，没有双闪电。从他的行为举止来看，显而易见，他是这里的负责人。

"欢迎来到奥斯维辛。"

这句话轻描淡写地从一张几乎没张开的嘴里说出来，这让拉莱觉得难以置信。他们被迫远离家乡，像动物一样被运到这里，现在又被全副武装的党卫队包围，这竟然叫欢……欢迎?!

"我是指挥官鲁道夫·霍斯[1]，奥斯维辛的司令官。刚刚你们走过的大门上写着'劳动使人自由'。这是你们的第一课，也是你们唯一的一课。努力劳动，让你们做什么就做什么，这样你们就会得到自由。不服从命令的后果很严重。你们即将要走一些必要的流程，然后会被带到你们的新家：奥斯维辛二号——比克瑙。"

指挥官的眼光扫过他们的脸。接着，他开始讲一些其他的事，但是他的讲话被一阵隆隆的雷声打断。他看向天空，低声咕哝了几句话，朝着面前这些人一脸不屑地挥了挥手，就转身离开了。"欢迎仪式"至此结束。他的护卫也匆忙地跟着离开了。这简直是拙劣的炫耀，但还是有震慑力的。

流程开始了。拉莱看见第一批犯人被推到桌子边。他站得太远，听不清那些零星的对话，他只能看到穿着睡衣裤坐在那里的人记下一些信息，然后给每个犯人一张小纸条。终于轮到了拉莱，他报了他的名字、住址、职业和父母的名字。这个满脸沧桑的人把他的回答工整地记下来，然后给了拉莱一张标有数字的纸条。这个人自始至终也没抬头看拉莱。

拉莱看了眼这个数字：32407。

他拖着脚步跟着前面的人走到另一排桌子前，那里有另外一批穿着胸口有绿三角的条纹衣服的犯人，旁边站着更多的党卫队士兵。拉莱特别想喝水，已经要受不住了，他又渴又累。当手里的那张纸条被突然扯出去的时候，他惊呆了。一个党卫队军官扯下拉莱的外衣，撕掉他衬衫的袖子，然后把他的左前臂平放在桌上。

---

1. 鲁道夫·霍斯（Rudolf Höss），第二次世界大战战犯、德国党卫队高级小队领袖、奥斯维辛集中营最高指挥官。霍斯于 1922 年 11 月加入纳粹党，是一名老纳粹党员，党员编号是 3240。《奥斯维辛：一部历史》中曾这样描述他："霍斯话不多，很少情绪失控，是那种你每天走在街上都会碰到，根本不会多看一眼的家伙。也就是说，霍斯与人们心中面红耳赤、口沫横飞的党卫队恶魔形象相去甚远。然而这恰恰意味着，他是一个更可怕的人。"（本书余下注释全为译者注）

"32407"就这样被那个犯人依次刺进了拉莱的皮肤，他目瞪口呆。内嵌针头的木条在他的皮肤上迅速移动，很疼。然后这个男人拿了一条浸满绿色墨水的破布，粗鲁地擦了擦拉莱的伤口。

文身只用了几秒的时间，但在拉莱这里，时间仿佛冻结在那一刻，令他触目惊心。他抓住自己的胳膊，盯着这个数字。**一个人怎么能对另外一个人做这样的事？** 他问自己，在他或长或短的余生里，此时此刻这个毫无规律可言的数字"32407"是不是将成为他的新身份？

拉莱感到有支枪柄捅了他一下，才从恍惚中回过神来。他从地上捡起外衣，跟着前面的人磕磕绊绊地走进一栋很高大的砖楼，沿着外墙有一排排长椅，这让他想起了他在布拉格上学时的体育馆，在这趟行程之前，他还在那里住了五天。

"脱掉衣服。"

"快点，快点。"

大多数人都听不懂党卫队喊的指令。拉莱帮身边的人翻译，他们再把指令传递下去。

"把你们的衣服放在长椅上。你们洗过澡之后再回来拿。"

随即，这些人就脱掉了裤子、外套、衬衫和鞋子，把这些脏衣服都叠好，整整齐齐地放在椅子上。

令拉莱高兴的是他马上就可以见到水了，但是他知道他可能不会再见到他的衣服或者是衣服里的钱了。

他脱下衣服，把它们放在长椅上，但是他内心怒不可遏。他从裤子口袋里掏出一小包火柴，这让他想起过去的喜悦，接着他偷偷瞥了一眼离他最近的军官。那人正在看别的地方。拉莱划了根火柴。这大概是他自由意志的最后一击。他把火柴放进了外衣的内衬里，上面盖上他的裤子，然后就匆匆跑进排队淋浴的队伍中。过了几秒，他身后传来了一声尖叫："着火了！"拉莱朝后看，只见光着身子的男人们推来推去想要逃走，而同时一个党卫队军官在忙着扑灭火焰。

他还没走到淋浴的地方却已经浑身颤抖了。**我做了什么？**过去的这些天他都在告诉身边的人要低头，要低调，要服从指令，不要与人为敌，然而现在他自己却没能做到，还在这栋见鬼的楼里点了把火。如果有人指认他是这个纵火的人，他几乎可以确认他会遭遇什么。**愚蠢。愚蠢。**

在淋浴区，他深呼吸让自己镇定下来。上百个颤抖的男人肩并肩站着，冰凉的水浇在他们身上。他们向后仰头，大口地喝水，尽管这水很脏。很多人用手挡住生殖器，试着缓解一点尴尬的氛围。拉莱洗净了身上和头发里的臭汗和污垢，冲走了那股恶臭。水嘶嘶地从水管里流出来，打在地面上。水停的时候，通向换衣室的门就都开了，用不着命令，他们就走回到之前的地方，发现取代他们原本衣服的是苏军的旧制服和靴子。

"穿衣服之前你们要去理个发。"一个幸灾乐祸的党卫队军官跟他们说，"出来——快点！"

这些人再次排成队，朝一个手里拿着剃刀的囚犯那儿走过去。轮到拉莱的时候，他端坐在椅子上，挺直后背，仰起脑袋。他看着党卫队军官们在队伍前后来回走，用枪柄殴打这些一丝不挂的囚犯，大肆侮辱，无情大笑。拉莱又坐直了一些，把头又抬高了一点，他的头发只剩下发茬，剃刀接触头皮的时候也毫无闪躲。

有个士兵从身后推了推他，暗示他可以走了。拉莱跟着队伍走回淋浴间，和其他人一起翻找合身的衣服和合脚的木鞋穿。虽然那都是些不干净、有污渍的衣物，但他还是找到了差不多合脚的鞋，而且希望他随手抓的那件苏军制服能合身。穿好衣服后，他就听从指令离开了这栋楼。

天色渐暗。拉莱和前前后后数不清的人在雨中往前走，他们似乎走了很久。地上的泥巴越来越厚，这让他每次抬脚都很艰难。但他还是顽强地往前走。一些人或在泥里挣扎，或摔倒在地靠手或膝盖撑着，这都会引来暴打，直打到他们重新站起来。如果站不起来，他们就会被一枪打死。

拉莱试着脱掉又重又湿的外衣。衣服磨破了，湿毛线和泥土混合的味道让他又想起了牲口车。拉莱仰头望着天，大口吞咽倾注而下的雨水。甜甜的雨水是他这些天以来遇到的最好的东西，也称得上是这些天唯一拥有的东西。干渴加剧了他的虚弱感，模糊了他的视线。他用手拢住雨水，咕咚咕咚大口喝水。他看到远处有聚光灯围住的一大块地方。他处在半昏迷的状态，这让他觉得那些聚光灯在雨中跳跃，像灯塔一般闪耀，指引着他回家的路，召唤他——**来到我这里，我会给你提供庇护、温暖和食物**。他继续走。但是当他跨过大门，这些光就消失了，不再有呼唤，不再有交易，也不再有劳动换取自由的承诺，拉莱意识到之前的想法只是转瞬即逝的幻想。他也只是进了另一座监狱罢了。

院子的那一边是更大的一片地方，湮没在黑暗之中。周围栅栏的顶部都连着铁丝网。岗哨上有党卫队士兵提着枪指向拉莱的方向。闪电击中了附近的栅栏。**它们通了电**。雷声不足以掩盖枪响，又有一个人倒下了。

"我们到了。"

拉莱回头看到阿伦朝他走过来。浑身湿透，满身泥污。但还活着。

"是啊，看来我们到家了。你看看。"

"你很久没看到自己什么样了吧。看看我你就知道了。"

"不用了，谢谢。"

"现在是什么情况？"阿伦问，听起来像个孩子。

他们跟着人群慢慢往前走，楼外有个党卫队军官站在那里，每个人走过的时候都给他看一下胳膊上的文身，他会把号码记在笔记板上。拉莱和阿伦的身后一直推推搡搡，停下的时候，他们已经身处第七营房之中了。这是个挺大的营房，一面墙有三层床铺。几十个男人被迫进了这栋楼。他们互相争抢，推来搡去只为了抢占一点地盘。如果他们足够幸运或是足够强悍，他们只需要跟一两个人住在一起。运气并没有站在拉莱这一边。他和阿伦刚爬上了一个上铺，就发现那里已经被另外两个犯人捷足先登了。他们很多天没吃饭，已经丧失了力气和斗志。他能做的只是蜷坐在一个看起来像床垫的稻草堆上。拉莱双手按着胃，试着减轻肚子的绞痛。几个人大声冲看守喊道："我们需要吃的。"

他们很快就听到了答复："到早上你们就有吃的了。"

"到早上我们都饿死了。"营房后面的一个人说。

"也就消停了。"一个空落落的声音接道。

"这些垫子里有干草，"另一个人说，"或许我们要继续学牛吃草了。"

四周传来一阵轻轻的笑声。那个士兵也没什么回应。

接着，屋子的深处传出一声迟疑的"哞……"

笑，安静却真实。那个士兵虽然在场但对他们视若无睹，士兵没打扰这些人，而最后他们也睡着了，肚子还在咕噜噜叫。

拉莱醒来的时候天还没亮，他想小便，就跨过熟睡的同伴踩到地面上摸黑往营房后面走，想着那可能是最安全的方便之处。一路上他听到了一些声音：斯洛伐克语和德语。走到后面，看到那里有卫生间，虽然便池简陋又粗糙，他还是松了口气。楼栋后面有一排长沟，上面盖了厚木板。三个囚犯正跨坐在沟上，边大便边悄悄聊天。拉莱看到楼的另一头有两个党卫队士兵正在昏暗中往这边走，吐着烟圈嘻哈大笑。他们的枪松垮垮地挂在他们背上。

四周的泛光灯忽闪忽闪，他们的影子也忽隐忽现，让人十分不安，拉莱也听不到他们在说些什么。他的膀胱快炸了，但是他犹豫了一下还是停在原地。

那两个士兵动作一致地往空气里弹了弹烟灰，挥舞一通枪，最后开了火。蹲在那里大便的三个人就此变成了尸体，被扔进沟里。拉莱简直无法呼吸。士兵经过他的时候，他把后背紧贴在墙上。他看到了其中一个士兵的大概模样——一个男孩，仅仅是个混账孩子而已。

他们随即消失在黑暗之中。拉莱对自己发誓：**我要活着离开这个地方。我要走出这里，作为一个自由的人。如果世间有地狱，我要看到这些杀人犯烧死在里面。**他想到克龙帕希的家人，希望他来到这里至少能让他们免于相似的遭遇。

拉莱上完厕所回到他的床铺。

"那几声枪击。"阿伦问，"他们是谁？"

"我没看到。"

阿伦跨过拉莱到地面上。

"你去哪里？"

"去尿尿。"

拉莱伸到床边，紧握住阿伦的手说道："憋着。"

"为什么？"

"你也听到了那枪响，"拉莱说，"就等到明儿一早吧。"

阿伦什么都没说，又爬回到床上躺下了，他握紧两个拳头抵在胯部，充满恐惧，也心生反抗之意。

拉莱的父亲曾经在火车站接一位顾客。谢恩伯格先生正准备优雅地坐进马车，拉莱的父亲把精美的皮箱放在对面的座位上。他从哪里来？布拉格？布拉迪斯拉发？或许是维也纳？他穿着价

15

格不菲的羊毛西装，鞋子擦得锃亮，拉莱父亲爬上车前面的时候，先生对他笑了笑，简单地交谈了两句。拉莱的父亲驾着马车往前走。就像大多数其他男人一样，他到处接送客人，提供交通服务。谢恩伯格先生刚刚谈完重要的生意准备回家。拉莱想成为他而不是他父亲这样的人。

那天，谢恩伯格先生的夫人并没有一路随行。拉莱喜欢偷瞄他父亲车厢里搭载的谢恩伯格夫人和其他女士，她们娇嫩的小手包裹在白手套里，她们优雅的珍珠耳环和项链十分相配。他喜欢这些穿戴着精美服饰的漂亮女人，她们时常会和重要人物相伴相随。拉莱帮助他父亲的唯一好处在于他可以在开车门的时候轻握她们的手，扶她们下车，闻着她们的香气，想象她们所过的生活。

第二章

"出来。所有人，快出来！"

口哨声和狗吠声此起彼伏。明朗的晨光照进第七营房的大门。睡成一团的男人们醒过来，爬下他们的床铺，拖着脚步走到外面。他们紧挨着大楼的外围站着。没有一个人愿意走在太前面。他们等待，再等待。那些冲他们喊叫和吹口哨的人已经不见了。男人们前后挪动，和身边最近的人低声细语。他们看了看其他营房，情况完全相同。现在做什么？等待。

最终，一个党卫队军官和一个囚犯走向第七营房，人群安静了。他们没做任何介绍。这个囚犯开始叫笔记板上的号码。党卫队军官站在旁边，不耐烦地抖脚，用他的短手杖拍打大腿。过了片刻，囚犯们才反应过来，这些号码跟他们每个人左胳膊上的那个文身是一回事。点名结束了，两个号码没人应答。

"你——"负责点名的人指了指队伍尽头的那个人，"你进去看看里面还有没有人。"

那个人一脸疑惑地看着他。他一个字都没听懂。旁边的人低声给他解释了一下指令，他赶快跑进楼里。过了一会儿他回来，举起右手，伸出食指和中指：有两个人死了。

那个军官向前走了两步，用德语开始讲话。囚犯们已经学会了闭嘴，站在那里乖乖地等着，期待他们之中有人能帮他们翻译。拉莱都明白。

"你们一天有两顿饭吃。早上和晚上各一顿。前提是你们活得到晚上。"他停顿了一下，脸上露出冰冷的笑容，"早餐过后你们就要工作，一直到我们叫停为止。你们将继续建造这个营地。我们还会运更多的人到这里。"他傲慢地咧嘴一笑，"执行卡波[1]和楼栋负责人的指令，你们自然能见到日落。"

囚犯们身后传来一阵叮叮当当的金属声响，他们转过身看到一小群人正朝这边走过来，端着两口大锅和一些小金属罐——早餐。几名囚犯挪步想要过去帮他们。

"谁动弹，谁就死，"那个军官咆哮道，同时举起了枪，"没有第二次机会。"

军官离开了，负责点名的那个囚犯对大家说："你们听到了吧。"他操着一口波兰口音的德语说："我是你们的卡波，你们的头儿。你们排成两队来领吃的。别发牢骚，不然后果很严重。"

大家开始排队，几个人在队伍中窃窃私语，四下询问有没有人听懂"那个德国人"说了什么。拉莱告诉了离他最近的几个人，也让他们传话下去。他会尽他所能帮大家翻译。

他走到队伍最前面的时候，心怀感激地从放饭那人那里接过了一个小锡杯，里面盛的东西溢出了杯子，撒了他一手。他走到

---

1. 卡波（Kapo）一词本源自意大利语的"capo"，意思是"头儿"。"卡波"制度在集中营的运作中扮演着重要的角色。每个营房中都有一名囚犯担任"卡波"，卡波对他所管营房中的囚犯们有着管理和控制的权力。

18

一边看了看他的饭：棕色的，没有任何固态的食物，还有一丝他闻不出来的什么气味。这不是茶，不是咖啡，也不是汤。他担心如果他慢慢喝，会忍不住把这杯令人恶心的液体吐出来。所以他闭上眼睛，用手指捏住鼻子，大口吞了下去。其他人就没这么顺利了。

阿伦站在旁边，举起他的杯子假装干杯。"我这里有一块土豆，你呢？"

"简直是有生以来吃过的最好的一顿饭。"

"你一直这么乐观吗？"

"等今天过完的时候你再问我吧。"拉莱眨眨眼对他说。说着他就把空杯子还给之前发杯子的人，拉莱说了声"谢谢"，点了点头，微微一笑。

卡波喊道："你们这些懒骨头的混蛋，吃完饭就回来排队！你们还有活儿要干！"

拉莱把这个指令传了下去。

"你们，跟我来。"卡波大喊，"还有，你们要听工头的。但凡有一点儿偷懒，我都会知道。"

拉莱和其他人到了一栋还没建好的楼前面，这栋楼跟他们住的营房几乎一样。其他因犯已经在那里了：木匠和砖匠都在安静地干活，就像过去人们集体劳作时那样。

"你，对，就是你，上屋顶去。你可以在那里干活儿。"

这个命令就是对拉莱说的。看了看四周，拉莱看见了一把通向屋顶的梯子。两个因犯蹲在那里，正等着接递过去的瓦片。拉莱一爬上去，他们两个就挪到了一边。说是屋顶，其实只是一些木梁，上面再搭上些瓦片。

"小心点儿。"其中一个工匠提醒他，"沿着轮廓线再往上走一点，看看我们是怎么做的。这个不难，你很快就能会。"这是个苏联人。

"我叫拉莱。"

"一会儿再介绍，行不?"那两个人交换了一下眼色，"你能听懂?"

"是的。"拉莱用俄语回答。两个工匠笑了。

拉莱看着他们从屋顶边递上来的手里接过厚泥瓦片，爬到之前铺到的地方，仔细地把瓦片叠放在上面，然后再回到梯子边拿下一块。这个苏联人说得没错——这个活儿不难，拉莱很快就加入他们，接瓦片，铺瓦片。在温暖的春日里，如果没有饥饿带来的痛苦和痉挛，他可以比得上经验丰富的工匠。

过了几个小时，他们获准可以休息一会儿。拉莱朝梯子走过去，但是苏联人拦下了他。

"在上面待着和休息更安全。在这么高的地方，他们看不清楚你在做什么。"

拉莱听了他的，他显然知道哪里才是最适合坐下来舒展舒展的地方：用更坚固的木料加固过的屋顶角落。

"你们到这儿多久了?"他们刚坐下，拉莱就问道。

"我觉得大概两个月了吧。过了一段时间就记不清了。"

"那你们从哪儿来? 我的意思是，你们是怎么到这儿的? 是犹太人吗?"

"一个个来。"苏联人笑了笑，年轻强壮一点的那个工匠翻了个白眼，心想这个新来的什么都不懂，更别说了解他自己在营地中的地位了。

"我们不是犹太人，而是苏联士兵。我们和大部队走散了，就被这些该死的德国人抓到这里干活儿。你呢? 犹太人?"

"是的。昨天从斯洛伐克带到这儿一大批人，我是其中一个——都是犹太人。"

苏联人交换了眼神。年长一点的那个转过脸去闭上眼睛，朝着阳光仰起脸，不再参与他们的对话。

"看看四周。你能从这儿看见他们有多少营房正在建，还有多少土地要清空。"

拉莱挂着胳膊，观察这片被铁丝网围住的广阔区域。和他正在建造的建筑相似，这样的营房有很多，一直延伸到远处。这里即将变成的样子让拉莱感到一阵毛骨悚然。他不知道要说什么，他内心的痛苦无法化成字句。他重新坐下，转头不看他的同伴，极力地控制他的情绪。他不能相信任何人，坚决不能，不能坦诚，要谨慎……

那人紧紧盯着拉莱。他说："我听党卫队吹牛说这里将会成为最大的集中营。"

"是吗?"拉莱轻声说，"好吧，我们要一起建造这里，还是告诉我你的名字吧。"

"安多尔。"他说，"跟我一起的这个大块头叫鲍里斯。他不太说话。"

"在这里，说多了就死了。"鲍里斯咕哝说，同时朝拉莱伸出手。

"你们还能告诉我什么有关这里的人和事吗?"拉莱问，"还有，这些卡波到底是什么人?"

"你告诉他吧。"鲍里斯打着呵欠道。

"好吧，这里还有一些像我们一样的苏联士兵，但是人数不多，还有各种不同的三角形标志。"

"就像我的卡波身上的绿色三角形?"拉莱问。

安多尔笑了。"哦，绿色的是最差的——他们是罪犯，杀手、强奸犯那种人。他们是很好的看守，因为他们令人害怕。"他接着说，"还有一些因为反德的政治观点被抓来。他们戴的是红色三角形。你还会看到一些黑色的，不多——他们是懒鬼混蛋，他们不

21

会活很久。最后，还有你和你的朋友们。"

"我们的是黄色星星。"

"对，黄星星。你们犯的罪就是投胎做了犹太人。"

"为什么你没有颜色呢？"拉莱问。

安多尔耸了耸肩说："我们仅仅是敌军。"

鲍里斯哼了一声道："他们把我们的制服发给你们，以此来侮辱我们。还有比这更糟糕的吗？"

一声哨响，三个人就重新回去干活了。

那天晚上，第七营房的男人们三五成群聚在一起，聊天分享他们了解到的内容，问来问去。几个人移到营房的尽头，向他们的上帝祈祷。这里的一切混在一起，让人实在无法理解。**他们是在祈求指引、复仇还是认可？** 对拉莱来说，没有拉比的引导，每个人都祈祷他们所认为最重要的东西。他觉得本来就应该是这样的。他在人群中穿梭，倾听，却没有说话。

第一天结束的时候，拉莱已经问出了和他一起干活的两个苏联人知道的所有事。这周剩下的时间里，他遵从了自己定下的生存法则：低调，做安排他做的事，绝不争执。同时，他也观察着身边的每个人和发生的每件事。从这些新建筑物的设计来看，拉莱觉得这些德国人缺乏建筑智慧。只要有可能，他都要留意党卫队之间的聊天和八卦，而他们并不知道拉莱能听得懂。知识是拉莱唯一能够拥有的弹药，他在积蓄力量，而他们对他视而不见。大部分时间里，党卫队们都在四处站着，靠着墙抽烟，只费一半心思留心周围的事。拉莱偷听得知集中营指挥官霍斯是个非常懒的混蛋，他几乎不露面，奥斯维辛里德国人的食宿要比比克瑙的强多了，比克瑙可没有香烟和啤酒。

有一群劳工让拉莱印象深刻。他们独来独往，穿便服，跟党卫队说话时也并不战战兢兢的。拉莱决定要弄清楚这些人是什么人。还有一些因犯从来不拿着木头或者瓦片，他们就在工地附近随便走来走去，做其他的事。他的卡波就是这样。**怎样才能得到一份这样的工作？**这样的职位有最好的机会来弄清楚集中营里都发生着什么，对他而言最重要的是要了解比克瑙的计划到底为了什么。

烈日下，拉莱在屋顶上铺瓦片，这时，他看到他的卡波正朝他们的方向走过来。"快点，你们这群懒鬼，快点儿干。"拉莱喊道，"我们还有一个区要铺呢！"

卡波走到下方的时候，拉莱继续大喊命令。他已经养成了见到他就恭敬点头的习惯。有一次，卡波也轻轻点头给他回应。他用波兰语跟他说过话。至少，他的卡波认为拉莱是一个恭顺的因犯，不会给他闯什么祸。

卡波脸上微微带着笑意，使了使眼色让拉莱从屋顶上下来。拉莱低着头向他走过去。

"你喜欢你正在干的活儿吗，在房顶上？"他说。

"让我做什么我都做。"拉莱回答。

"但是每个人都希望活得更轻松，不是吗？"

拉莱没说话。

"我需要个小弟。"卡波说，随手摆弄着他那件苏军衬衫破损的边角。这衣服对他来说太大了，但这样也让这个瘦小的男人看上去更强壮一点，比那些他看管的人显得更有力量。他那满是牙缝的嘴中飘出一股还没完全消化的肉的呛人气味。

"无论我让你做什么，你都要照做。给我拿吃的，给我擦靴子，不管我什么时候需要你，你都得出现。做到这些，我就会让你过

23

得更舒坦一点；让我失望的话，后果自己承担。"

拉莱站在卡波身边，意思就是接受了这份工作邀约。他在想，从一个工匠变成打杂的，他这个选择是不是在和魔鬼做交易。

一个美好的春日里，天气不算太热，拉莱看见一辆大型封闭式卡车越过大楼供给平时的卸货点继续往前开，直到行政楼后面才停下。拉莱知道边界围栏就在不远处，他也从来都不敢冒险去这片区域，但是现在，好奇心驱使他过去看看。他跟了过去，想着"我属于这里，我能去任何我想去的地方"。

他盯着楼后面的角落。在一辆看上去像监狱车的旁边，卡车停了下来。它被改造成了类似地堡的样子，四周都是钉在窗框里的钢板。拉莱看到从卡车里被赶出来几十个裸着的男人，朝监狱车挪过去。有些人自愿进去。那些反抗的人都遭到了枪把儿的毒打。同行的犯人就将这些半昏迷的抵抗者拖拽回了命运的轨迹。

车上人太多了，最后上去的人都只能靠脚尖苦苦支撑着，赤裸的脚跟就只能悬在门外。军官们使劲把他们往里推。然后车门砰地关上了。一个军官绕着车走了走，敲了敲金属板，检查确认一切都是安全的。另一个身手敏捷的军官手里拿着个小罐子爬上了车顶。拉莱在暗处不能动弹，他看着那个军官打开了车顶的小舱口，然后把罐子倒放进去。接着他关上舱口，拉上门闩，赶忙跑下来。这时车开始剧烈地晃动，里面传出隐约的尖叫声。

拉莱跪倒在地，忍不住干呕。他在泥地里一动不动，胃里却翻江倒海。尖叫声也渐渐消失了。

车停止晃动又回归了安静，门随后都打开了。死去的人像石

24

块一样掉落出来。

一群囚犯从大楼另外一角那里走过去。卡车往后倒，这些囚犯就开始把尸体抬上去。他们在重压下摇摇晃晃往前走，还要试图隐藏自己悲痛的感情。拉莱目睹了这令人难以想象的一幕。他晃晃悠悠地站起来，就像踏在地狱的门槛上，一股难掩的怒火在他心中激荡。

第二天早上他起不来床。他在发烧。

七天后，拉莱才恢复了意识。有人轻轻地给他喂水。他感觉到额头上有块清凉的湿布。

"来，小伙子，"一个声音说，"别紧张。"

拉莱睁眼看到一位陌生人，他是一位年长的男人，正温和地看着他的脸。他用手肘撑起自己，这位陌生人帮他坐起来。他环顾四周，感到很困惑。今天是星期几？他在哪里？

"新鲜空气可能对你有好处。"那人边说边扶起他的胳膊。

拉莱被带到屋外。万里无云，似乎本就是欢欣的一天，他上一次见到这样的天不知道是多久之前了，这感觉让他战栗。他的世界在旋转，他在里面蹒跚而行。那位陌生人扶着他，带他走到附近的木柴堆。

他卷起拉莱的袖子，指着他的文身号码。

"我叫佩潘。我就是这个的文身师。你觉得我的手艺怎么样？"

"文身师？"拉莱问，"你是说，这是你对我做的？"

佩潘耸了耸肩，直视着拉莱的眼睛开口："我没有选择。"

拉莱摇了摇头说："这个数字可不是我文身的第一选择。"

"那你更喜欢什么？"佩潘问道。

拉莱狡黠地笑了。

"她叫什么？"

"我的爱人？不知道。我们还没相遇。"

佩潘咯咯地笑了笑。两个男人就这样惬意又安静地坐在一起。拉莱的手抚过他的号码。

"你是哪里的口音？"拉莱说。

"我是法国人。"

"我怎么了？"拉莱终于问道。

"斑疹伤寒。这本注定了你会英年早逝。"

拉莱浑身一抖问道："那我为什么现在和你坐在这儿？"

"你被扔上运送死人和将死之人的手推车时，我正巧路过你的营房。有一位年轻人正恳求党卫队军官放下你，说他会照顾你。当他们要去往下一个营房的时候，他把你从推车上拉了下来，要把你拖回楼里。我过去帮了他。"

"这是多久之前的事儿？"

"七八天吧。自那时起，你营房的人晚上照顾你。白天，我也尽可能多花时间照看你。你现在感觉如何？"

"挺好的。我不知道该说些什么，该怎么感谢你。"

"谢谢那个把你从推车上拉下来的人吧。是他的勇气将你从鬼门关上拽了回来。"

"我会的，要先找到他。你知道是谁吗？"

"不知道。对不起。我们当时没互相介绍。"

拉莱闭了会儿眼睛，享受阳光暖洋洋地照在身上，这给了他能量和决心继续活下去。他直起佝偻的肩膀，身体的每个角落又重新焕发了坚决的精神。他仍然活着，颤抖地站起来，伸展四肢，努力给需要休息、营养和水分的病躯注入新的生命力。

"坐下吧，你还很虚弱。"

这无可争辩，拉莱就照他说的做了。只是现在他挺直了背，声音也更加坚定。他冲佩潘笑了一下。以前的拉莱回来了，他打探消息的欲望简直跟对食物的渴望一样。"我看到你戴的是红星。"他说。

"啊，没错。我曾经是巴黎的学者，太过坦率直言。"

"你是教什么学科的？"

"经济学。"

"一名经济学老师沦落到这里？这是怎么回事？"

"拉莱，一个讲税收和利率的人是没办法不了解他的国家的政治的。政治能帮助你了解这个世界一直到你再也不懂它，然后它就会把你丢进集中营。政治和宗教都是如此。"

"那从这里离开之后你会回到以前的生活吗？"

"你太乐观了！我不知道我的或你的未来是怎样。"

"没有水晶球能预言未来。"

"确实没有。"

在施工的噪声、不绝的犬吠和看守的喊叫声中，佩潘倾身向前问道："你的内心是不是像你的身体这般强壮？"

拉莱望向佩潘眼睛的深处。"我是个幸存者。"

"在我们所了解的情况下，你的长处可能是一个弱点。个人魅力和笑容可掬会给你带来麻烦。"

"我是个幸存者。"

"好吧，也许我能帮你在这里活下去。"

"高层有你的朋友？"

佩潘笑着拍了拍拉莱的后背。"没有，没有高层的朋友。就像我之前跟你说的，我是文身师。我知道这里即将到来的人数将会很快增加。"

想到这里他们并肩坐了一会儿。拉莱内心在想，某个地方有某个人在做决定，弄出这些号码——从哪里？**你怎么决定让谁来到这里？你做这些决定是基于什么考量？种族，宗教，还是**

政治？

"你让我很好奇，拉莱。我之前就觉得你很不错。虽然拖着病体，但你有种无法隐藏的力量。是它将你支撑到现在，让你今天坐在我的面前。"

拉莱听着他说的话，内心很挣扎。他们所在的地方是每天、每小时、每分钟都有人死去的地方。

"你想和我一起工作吗？"佩潘的问题把拉莱从低沉阴郁中拉了回来，"或者你觉得现在他们让你干的活儿挺不错的？"

"我要做能让我活下来的。"

"那跟我工作吧。"

"你让我给其他人文身吗？"

"总要有人来做啊。"

"我觉得我做不了。让别人留下疤痕，伤害别人——这确实很疼，你知道的吧。"

佩潘卷起他的袖子露出他自己的号码。"它钻心地疼。但如果你不接受这份工作，另外一个不如你慈悲的人就会伤害他们更深。"

"给卡波打杂跟亵渎许许多多无辜的人可不是一回事。"

接着是一段很长的沉默。拉莱再次陷入沉思。**那些决策者有家庭、妻子、孩子和父母吗？他们一定没有。**

"你可以这样说服自己，怎样你都是纳粹的傀儡。不论是跟我还是跟你的卡波，或者是建营地，你都是在做纳粹的脏活儿。"

"你看事情真有自己的一套。"

"所以呢？"

"好的。如果你能安排，我就为你工作。"

"不是为我。是和我一起。但是你干活儿必须迅速高效，不能

28

惹麻烦。"

"好。"

佩潘站起来正要走开。拉莱抓住他的衬衫袖子。

"佩潘，你为什么选了我？"

"看见一个快要饿死的人拼了命救你，我就觉得你一定是值得如此的。明天早上我会来找你。现在休息吧。"

那天晚上，他同营房的伙伴们回来时，拉莱发现阿伦不见了。他问同床另外两个人阿伦怎么了，他消失了多久。

"差不多一个星期。"他们回答道。

拉莱心里一沉。

"卡波找不到你。"那个人说，"阿伦本来可以跟他说你生病了，但是他害怕卡波知道了会再把你丢到死人车里，所以他说你已经死了。"

"那卡波发现事实的真相了吗？"

"没。"那人打着哈欠说，他已经累坏了，"但是不管怎样，他都很生气，就把阿伦带走了。"

拉莱强忍住泪水。

另一位"床友"翻过身来说道："你在他心里种下了很伟大的想法。他想要拯救'一个人'。"

"拯救一个人就是拯救这个世界。"拉莱补充全了这句话。

他们沉默了一会儿。拉莱看着天花板，眼里泛着泪花。阿伦不是在这里死去的第一个，也不会是最后一个。

"谢谢你们。"他说。

"我们试着不辜负阿伦做的一切，看看能不能救下这一个。"

"我们轮流，"住在下面的年轻的男孩说，"偷着拿水，把我们的面包分给你，让你咽下去。"

另一个人接着讲。他从下铺爬上来，面色憔悴，蓝色的眼睛有些浑浊，他的声音有气无力，但也足够讲完他要说的那部分。"我们把你的脏衣服换在晚上死去的另一个人身上。"

这时，拉莱再也忍不住了，眼泪顺着他瘦削的脸颊滑落。

"我不能……"

他除了感激，什么都做不了。他知道这是他欠下的无法偿还的债务——现在不能，在这里不能，事实上永远都不能偿还。

仍然坚持信仰的人在深情地用希伯来语吟唱赞歌，拉莱伴着圣歌渐渐进入梦乡。

第二天一早，拉莱排队拿早餐，这时佩潘出现在他身边，悄悄抓住他的胳膊带他离开，朝主院走去。卡车正在卸下运过来的人。拉莱觉得他好像走进了古典悲剧的情境之中。一些演员是不变的，但大多都是新人，他们的台词还没写好，他们的角色还没确定好。他过往的人生经历无法帮他理解现在的状况。他记得他曾来过这里。**是的，不是以一个旁观者的身份，而是其中的参与者。现在我又将是什么角色呢？**他闭上眼睛想象他正面对着另一个自己，看着左臂——上面还没有编号。他重新睁开眼睛，看着自己真实的左臂上的文身，然后再次望向他眼前的情景。

他看到数百个新犯人聚集在那里。男孩、男人，每个人脸上都充满恐惧。他们互相扶持，相互拥抱。党卫队和警犬驱赶着他们，就像驱赶着待宰的羔羊。他们顺从着。他们今天是生是死，结果很快就要揭晓。拉莱停下了跟着佩潘的脚步，定在原地。佩潘走回来，带他走到了放有文身器具的小桌子边。通过挑选的人在他们的桌前站成一排。他们即将要被文上号码。

其他新到的人——年老体弱和没有明确技能的人——正在走向死亡。

一声枪响。人群畏惧地向后缩了一下。有人摔倒。拉莱向开枪的方向看过去，佩潘扳过他的脸，把头转向别处。

一队很年轻的党卫队士兵护送一个年长的军官走向佩潘和拉莱。军官接近五十岁，剪裁无瑕的制服勾勒出他笔挺的后背，他的帽子紧紧贴合他的头——简直是一个完美的服装模特，拉莱心想。

他们停在佩潘和拉莱面前。佩潘向前迈了一步，拉莱见他低着头向那名军官问好。

"霍斯特克队长[1]，我招了这个犯人来帮忙。"佩潘指着他身后的拉莱。

霍斯特克看向拉莱。

佩潘接着说："我相信他会学得很快。"

霍斯特克眼神犀利地盯着拉莱，然后他勾了勾手指让他往前迈两步。拉莱照着做。

"你都说什么语言？"

"斯洛伐克语、德语、俄语、法语、匈牙利语和一点波兰语。"拉莱看着他的眼睛回答道。

"哼。"霍斯特克接着就走开了。

拉莱靠向佩潘低声说："这人没说什么。我可以理解为我得到了这份工作？"

佩潘转头看拉莱，眼神和声音里都充满怒火，但是他还是平静地说："不要小瞧他。再逞能你就没命了。下次你跟他说话的时

---

1. 霍斯特克队长（Oberscharführer Houstek），这里涉及党卫队员的职务和级别。"Oberscharführer"为党卫队上级小队领袖（二级小队长），相当于"上士"军衔。

候，眼神不要高过他的靴子。"

"对不起。"拉莱说，"我不会了。"

我什么时候能学会？

第三章

1942 年 6 月

拉莱慢慢醒过来，面带微笑想要继续这个美梦。**留下来，留下来，让我在梦里再多待一会儿，求你了……**

拉莱喜欢和各种各样的人打交道，尤其喜欢见女人。他觉得女人无论什么年纪，什么样貌，怎么穿衣打扮都是漂亮的。他每天最高兴的时刻莫过于路过他单位的女性专柜。他会和坐在柜台后面工作的女人们调情，无论她们年轻与否。

拉莱听到百货公司的大门开了。他抬起头看到一个女人急匆匆走了进来。在她身后，两个斯洛伐克士兵站在门口，没跟着她进来。拉莱急忙走到她跟前，对她笑了笑，让她安心。"没事的。"他说，"你和我在一起很安全。"她接过他递来的手，跟着他走向一个摆满华丽香水瓶的柜台。他看来看去，最后选了其中一瓶朝她递过去。她俏皮地侧了侧脖子。拉莱轻轻地朝她脖子一侧喷了香水，然后是另一侧。她转头的时候，他们目光交汇。拉莱又朝她伸出的两只手腕喷了喷。她把一只手腕凑到鼻子前面，闭上眼睛，细嗅香氛。而后她又将这只手腕伸向拉莱。拉莱一边轻轻握住她的手拉向自己，一边倾身向前，吸入这香水和青春的混合芳香，心醉神迷。

"是的。这就是你的专属味道。"拉莱说。

"那我要了。"

拉莱把瓶子递给等在一旁的售货员，她拿过去开始包装。

"我还能为您做些什么吗？"拉莱说。

面孔在他眼前一闪而过，嬉笑着的年轻女人们在他身边跳舞，他感到很幸福，尽情地享受着生活的欢愉。拉莱挽着他在女性专柜遇到的年轻女士的手臂。他的梦似乎向前快进了一段。拉莱和那位女士走进一家装修精致的餐厅，几盏壁灯将环境烘托得很朦胧。每张桌子上摇曳的烛光映衬着厚重的提花桌布，也将昂贵珠宝的炫目色彩折射到墙壁上。角落里传来优美的弦乐四重奏，让银质餐具在精美瓷器上划动的声响柔和了许多。门口的礼宾热情地迎接他们，顺手接过拉莱同伴的外套，然后将他们引向桌子。他们刚坐下，餐厅领班就向拉莱介绍了一瓶葡萄酒。拉莱的视线未曾离开他的同伴，看也没看就点点头。领班开瓶为两位斟上酒。拉莱和女士凭感觉摸到他们的杯子。他们依然目不转睛地看着对方，举起酒杯，轻抿一口。拉莱的梦再次快进。他就快要清醒了。不，此时他正在衣柜前挪步，挑选一套西装和一件衬衫，找领带搭配衣服，拿起又放下，直到找到他觉得最适合的那一条，熟练地系上。他蹬进擦亮的鞋子。从床头柜拿起钥匙和钱包放进口袋里，然后欠身，把那一缕睡乱的头发从床伴的脸上拨到脸旁，轻轻吻了吻她的前额。她动了动然后冲他微微一笑。她的声音有些沙哑："今晚……"

外面的枪声让拉莱猛然清醒。他的室友们从他身边挤过去找危险的源头。那位女士温暖的身体仍然在他脑海里挥之不去，拉莱慢慢起来，站到了列队点名的最后。点到他的号码时他恍惚没应答，身边的囚犯用手肘轻轻推了他。

"你有什么问题吗？"

"没问题……却也都是问题。这个地方。"

"和昨天一样。明天也会是这样。这是你教我的。对你来说有什么变化吗？"

"你说得对——一样，一样。就这样，好吧。我梦到了一个曾经认识的女孩，在另一个人生当中。"

"她叫什么？"

"我记不起来。这不重要。"

"你那时不爱她？"

"我爱她们所有人，但是不知怎的，她们没有一个人能抓住我的心。你懂吗？"

"不太懂。我会爱一个女孩，余生都和她一起度过。"

雨已经下了好多天。但是这天早上，太阳为风雨凄凄的比克瑙洒下一道光。拉莱和佩潘正在他们的工作区域做准备。他们有两张桌子，很多瓶墨水，还有许多针头。

"准备好，拉莱，他们来了。"

拉莱抬起头看到几十个年轻女人被押过来，他惊呆了。他知道奥斯维辛里有女孩子，而比克瑙这个地狱中的地狱，这里没有。

"今天有点不一样，拉莱——他们从奥斯维辛运了一些女孩来这里，她们其中的一些人需要重新文号码。"

"什么？"

"她们的号码是印上去的，效果不行。我们要重新弄好。拉莱，我们没时间欣赏她们——做好你的工作。"

"我不能。"

"做你的工作，拉莱。不要和她们之中的任何一个人说话。别做傻事。"

年轻的女孩们排成一队，一直延伸到他视线之外。

"我不能这样做。求你了，佩潘，我们不能这样做。"

"可以，你可以的，拉莱。你必须这样做。如果你不做，其他人也会做。我救你就白费了。你做就是了，拉莱。"佩潘盯着拉莱的眼睛。拉莱感到深入骨髓的恐惧。佩潘说得对。他要么听从命令，要么就有生命危险。

拉莱开始"工作"。他尽量不抬头看。他伸手接过递给他的纸条。他必须把这四个数字文到拿着纸条的女孩身上。她们身上已经有一个号码了，但是已经褪了色。他把针刺入她的左臂，尽可能轻轻地文了一个"4"。鲜血渗出皮肤。但是针头扎得还不够深，他要重新描一遍这个号码。拉莱知道他会造成怎样的疼痛，但她丝毫没有畏缩。**他们被警告——什么都不能说，什么都不能做。**他擦去流出来的血，蘸了绿色的墨水擦在伤口上。

"快点！"佩潘轻声说。

拉莱花了太长时间。给男人的胳膊文身是一回事，但玷污年轻女孩的身体是一件可怕的事。拉莱抬眼瞟见一个身穿白大褂的男人慢慢朝女孩们的队伍走过来。这个男人时不时地停下检查惊慌失措的年轻女孩的脸蛋和身体。最终他走到拉莱面前。拉莱尽自己所能地轻轻抓着面前女孩的胳膊，那个男人用手抓住她的脸，粗鲁地左右摆弄。拉莱抬头看到那双受惊的眼睛。她的嘴唇好像准备好了要说话。他轻轻捏了捏她的胳膊阻止她。她看着拉莱，他摆嘴型告诉她，"嘘"。穿白大褂的男人放开她的脸，接着走开了。

"很好。"他低声说，同时开始文剩下的三个数字——５６２。完成之后，他多握了会儿她的手臂，再次望向她的双眼。他勉强挤出一个微笑。她嘴角上扬回应了他。她的双眼在他面前闪烁。看着它们，拉莱的心跳好像一下子停止了，而后袭来的是第一次心跳的感觉，怦怦直跳，像要冲出他的胸口。他低下头，脚下的地面似乎在来回摇晃。这时另一张纸条塞了过来。

"快点，拉莱!"佩潘急忙低声叫他。

他再次抬头的时候她已经离开了。

几个星期后，拉莱还是像往常一样报到。他的桌子和器材都已经摆好。他环顾四周，焦急地寻找佩潘的身影。很多人正朝他的方向走过来。当他看到霍斯特克队长和一个年轻的党卫队军官逐渐靠近，他很惊恐。拉莱弯腰低头，想起佩潘说的话"不要小瞧他"。

"你今天要自己一个人工作。"霍斯特克喃喃说。

霍斯特克刚要转身离开，拉莱轻声问："佩潘去哪里了?"

队长停住了脚步，转过身瞪他。拉莱的心脏似乎停了一拍。

"现在你是文身师。"队长转向那个党卫队军官："你负责他。"

霍斯特克走远后，那个军官提起枪指着拉莱。拉莱回敬了一眼，凝视着霍斯特克这双黑色的眼睛，它们的主人是有着一脸阴险笑容且骨瘦如柴的孩子。最终，拉莱低下了他的目光。佩潘，你说过这个工作会拯救我的生命，但是你怎么了?

"看来我的命运掌握在你手里。"军官怒骂，"你说是不是?"

"我会尽量不让你失望的。"

"尽量?你不能仅仅尽量。你**不会**让我失望。"

"是的，先生。"

"你在哪个营房?"

"第七营房。"

"你这边结束之后，我会带你去其中一个新区看看你的房间。

你今后就住在那里。"

"我在我现在的营房很不错，先生。"

"别傻了。既然你现在是文身师，就需要保护。你现在是在为党卫队政治部的那伙人卖命——该死，或许**我**应该害怕你。"他的脸又浮现出了阴险的笑。

这轮询问过后，拉莱存了一丝奢望。

"你知道的，如果我有一个助手，这个流程会更快一点的。"

军官朝拉莱走近一些，轻蔑地打量着他。

"什么？"

"如果你找个人帮我，那这个流程会更迅速，你的上司会很高兴。"

就好像是受了队长的指示一样，那个军官随即转身走开，沿着正在等待文号码的年轻人队伍来回打量。队伍里所有人，除了一个，都低着头。拉莱担心那个正盯着军官的人，让他惊讶的是，军官拉着他的胳膊，把他拖向拉莱。

"你的助手。先给他文。"

拉莱从年轻人那里接过一张纸，很快就在他的胳膊上文上了号码。"你叫什么名字？"他问。

"莱昂。"

"莱昂，我是拉莱，文身师。"他说，他的声音像佩潘一样坚定。"现在站到我旁边来，看我是怎么做的。明天开始，你就当我的助手跟我一起工作。这可能会救你的命。"

最后一个囚犯文好号码被推搡到"新家"时，太阳已经落山了。拉莱知道了他的看守的名字叫巴雷茨基，他一直在离他几米的地方徘徊。他朝拉莱和他的新助手走过来。

"把他带到你住的地方，然后你再回到这里。"

拉莱急忙带莱昂到第七营房。

"早上在这外面等我，我会来接你。如果你的卡波想知道你为什么不和其他人一起去干活，就告诉他你现在为文身师工作。"

拉莱回到工作点的时候，他的工具都被收进了一个随身携带的包里，他的桌子也已经折叠好。巴雷茨基站在那里等着他。

"把这些带到你的新房间。每天早上到行政大楼报到拿供给，听从指令去当天你要工作的地方。"

"我能为莱昂再要另一张桌子和物品吗?"

"谁?"

"我的助手。"

"你想要什么就去行政大楼提出来。"他带拉莱到了营地里一片还在施工的地方。很多楼都还没建好，死一般的寂静让拉莱汗毛倒竖、浑身战栗。其中一个新房已经完工，巴雷茨基带拉莱到了刚进门的一间单人间。

"你在这儿睡。"巴雷茨基说。拉莱把他的包和工具放在硬地板上，打量这个独立的小房间。他已经开始想第七营房的朋友们了。

拉莱接着跟着巴雷茨基出门，得知他现在要在行政大楼附近的一个地方吃饭。作为文身师，他将获得额外的口粮。他们去吃晚餐的路上，巴雷茨基解释说："我们希望我们的工人有力气。"他朝拉莱打手势，让他去领晚餐的队伍排队。"多吃点吧。"

巴雷茨基离开了。一长勺的稀汤和一大块面包被递到拉莱面前。他狼吞虎咽地都吃了之后正要离开。

"如果你想要的话还有的。"一个哀怨的声音说。

拉莱接过第二份面包，看着身边的囚犯们默默吃饭，大家互相之间没有寒暄，只敢偷偷瞧一瞧。空气中满是不信任和恐惧的情绪。拉莱离开这里，把面包藏进袖子里，接着朝他原来的家——第七营房走过去。他进门时朝卡波点了点头，卡波看起来已经知道拉莱再也不受他指挥了。他走进去见到许多曾经和他住在一起，分享恐惧和另一辈子梦想的人，拉莱跟他们打招呼。他走到他之前的床铺，看见莱昂正坐在那儿，双脚悬在床边。拉莱看着这个年轻人的面庞。他大大的蓝眼睛里充满了温柔和诚实的光芒，惹人喜爱。

"跟我出来一下。"

莱昂从床上跳下来跟着他。所有的目光都集中在他们两个身上。他们走到营房的一边，拉莱从袖子里掏出一大块不太新鲜的面包给莱昂。莱昂狼吞虎咽吃了它，吃完了才想起来谢谢拉莱。

"我知道你会错过晚餐。我现在有额外的口粮。如果可以的话，我会尽量跟你和其他人分享。现在回去吧。告诉他们我把你拉出来是数落你的。低调点。我们明早见。"

"你不想让他们知道你能得到额外的口粮吗？"

"不。让我弄清楚事情是怎么回事。我不能一下子帮助他们所有人，只因为这点吃的，就能引发他们之间的争斗了。"

拉莱看着莱昂走进他之前的营房，内心五味杂陈，难以言喻。**我应该为有特权而感到害怕吗？我在营地里原来的地方是不受保护的，那为什么我离开了会感到伤心？**他的身影没入还没完工的建筑的阴影里。他已是独自一人。

那天晚上是拉莱这几个月以来第一次可以舒展开来睡一觉。没人踢他，也没人推他。他感觉像是一个国王奢侈地睡在他自己的床上。也正像国王一样，他现在必须警惕大家与他为善或推心置腹的动机。**他们嫉妒吗？他们是不是想要我的工作？我会不会有被诬陷的风险？**他已经看到了贪婪和不信任可能导致的后果。大多数人相信如果人变少，那么相对来说供应就多一些。食物就是货币。有了它，你就能活着。你就有力气做被要求做的事。没有它，你就会虚弱到什么都想不了。他的新职位让生存变成一件更为复杂的事。他确信他离开他的营房，路过那些被殴打的人的时候，他听到有人嘀咕了一个词"叛徒"。

第二天早上，拉莱和莱昂在行政大楼外面等着，这时巴雷茨基来了，夸赞他们到得很早。拉莱提着他的随身包，桌子放在他身边的地上。巴雷茨基告诉莱昂在原地等着，让拉莱跟他进楼。拉莱环顾这个很大的接待区，他能看到走廊向各个方向延伸，看起来办公室都离得很近。宽敞的接待前台后面有几排小桌子，年轻的女孩们都在辛勤地工作——归档，抄写。巴雷茨基把他介绍给一个党卫队军官——"这是文身师"——然后再一次告诉拉莱每天到这里拿供给品，接收指令。拉莱请求可以提供给他额外的桌子和工具，因为他有一名助手正在外面等着。这项要求没有引起任何异议即被批准。拉莱松了一口气。至少他帮助了一个人免于苦役。他想起了佩潘，默默感谢他。他拿起桌子，把额外的供给品塞进他的包里。他正要转身离开，那名行政职员喊住他。

"你要随时带着这个包，表明身份的时候说'Politische Abteilung[1]'，这样就没人找你麻烦。每天晚上把有号码的纸交回给我们，但是包你要自己保管好。"

巴雷茨基在拉莱旁边轻哼一声。"这是真的，有那个包和这两个词，你就是安全的，当然在我这里不是这样的。你要是搞砸了，给我找麻烦，没有什么包或者词能救得了你。"他伸向手枪，摸着枪套，拨开套筒锁。关上，打开，关上。他的呼吸越来越重。

1.Politische Abteilung，政治部，也被称为"集中营盖世太保"，是集中营监察局（Concentration Camps Inspectorate）设立的纳粹集中营的五个部门之一。政治部作为盖世太保和刑事警察（Kripo）的前哨，是五个部门中最为重要的，负责维护集中营的恐怖统治。

拉莱做了件聪明的事：目光低垂，转身离开。

白天和晚上的任何时候运输车都会进入到奥斯维辛 – 比克瑙集中营。拉莱和莱昂全天候工作是稀松平常的事。这样的日子里，巴雷茨基都是特别不开心的。他不是大喊辱骂莱昂就是殴打他，责备他动作太慢了，影响他回去睡觉。拉莱很快就搞清楚，如果他尝试劝解，事情只会更糟，莱昂只会更加倒霉。

有一天凌晨，他们在奥斯维辛的工作结束后，拉莱和莱昂还没收拾完，巴雷茨基就转身离开。然后他又走了回来，脸上透露着犹豫不定的表情。

"去他的，你们两个可以自己走回比克瑙。我今晚在这儿住。你们明天早上八点回到这儿。"

"我们怎么才能知道几点是几点？"拉莱问。

"老子才不管你们怎么知道，就准时到这儿来。你们别想着逃跑。逃走了我会亲自抓你们回来，杀了你们，享受这个过程。"他步履蹒跚。

"我们要做什么？"莱昂问。

"这个混蛋让我们做什么就做什么。来吧——我会及时叫你起来再按时回到这里的。"

"我太累了。我们能留在这儿吗？"

"不能。如果明天早上你没出现在你的营房，他们会出来找你的。来吧，我们走。"

日出的时候拉莱醒了过来，他和莱昂跋涉了四公里又回到奥斯维辛。他们等了大概一个小时，巴雷茨基终于出现了。很明显，他没去睡觉而是喝了一晚酒。他呼吸之间都是臭烘烘的酒气，脾气也变得更糟了。

"动起来。"他吼道。

他们没看到任何新的囚犯，拉莱只能不情愿地问："我们去哪里?"

"回比克瑙。运送车已经把最新的一批人放在那儿了。"

三个人步行四公里回到比克瑙，莱昂跟跟跄跄，不住地跌倒——疲劳和缺乏营养击垮了他。他重新站起来。巴雷茨基放慢了脚步，貌似是在等着莱昂跟上来。等到莱昂赶过来的时候，巴雷茨基就伸出脚，再一次绊倒了他。这一路上巴雷茨基乐此不疲地玩着他的小把戏，莱昂又跌倒了几次。漫长的徒步和他从绊倒莱昂那里收获的乐趣似乎让他醒了酒。每次他看向拉莱，期待他的反应，都一无所获。

一回到比克瑙，拉莱惊讶地看到霍斯特克正在监督囚犯的挑选，决定谁能被送到拉莱和莱昂这里文上号码而多活一段时间。他们开始工作，巴雷茨基在年轻人队伍前后来回巡视，尝试在他上级面前表现得很有能力。莱昂正要文一个年轻人的胳膊，年轻人大声尖叫吓到了已经筋疲力尽的莱昂。他的文身针掉到地上。他弯身去捡的时候，巴雷茨基用枪柄打了他的后背，他脸朝下趴倒在泥土里。巴雷茨基脚踩住他的后背不让他起来。

"如果你让他自己起来继续干活，我们能更快完成工作。"拉莱说，看着莱昂的呼吸在巴雷茨基的靴子下变得短促。

霍斯特克一步步走近这三个人，然后对巴雷茨基咕哝了些什么。霍斯特克离开之后，巴雷茨基悻悻一笑，猛踩了莱昂一脚，之后放开了他。

"我只是党卫队一个谦卑的仆人。你，文身师，已经有了政治部的保护，只对柏林负责。那个法国人把你介绍给霍斯特克，告诉他你很聪明，能说那么多语言，那一天是你的幸运日。"

对于他说的这些，拉莱知道他回应什么都不对，所以他又继续忙着手里的工作。满身泥巴的莱昂站了起来，不停咳嗽。

"所以，文身师。"巴雷茨基说，脸上又挂着他那令人作呕的笑容，"怎么样，我们做朋友吧？"

身为文身师的一个好处是拉莱能知道日期。每天早上他拿到晚上归还的文书上都有日期。但这也不是唯一的途径。星期天是一星期里其他囚犯不被强制工作的唯一一天，他们可以在营地里转悠或者待在营房附近，聚成小群——跟他们一起被抓到营地的朋友，还有在营地里面新结识的朋友一起。

拉莱见到她的那天是一个星期天。他一眼就认出了她。他们走向对方，拉莱独自一个人，她和一群女孩在一起，她们都被剃了光头，穿着同样的素衣。没什么能让人辨认出她，只有那双眼睛。黑色的——不，是棕色的。那是他从未见过的深棕色。这是第二次他们凝视对方的灵魂。拉莱的心脏怦怦直跳。他们就这样互相对望，流连忘返。

"文身师！"巴雷茨基拍了拍拉莱的肩膀，打破了先前的氛围。

囚犯们都走开了，他们不想靠近党卫队士兵，也不想挨着和他们交谈的囚犯。这群女孩四散走开，只留着她在那里看着正在看着她的拉莱。巴雷茨基看看这个，看看那个，他们三个正巧站成了一个完美的三角形，每个人都在等其他人动弹。巴雷茨基会心一笑。她的一个朋友勇敢地向前把她拉了回去。

"非常好。"巴雷茨基说，他和拉莱走开了。拉莱无视他，控制着他内心喷薄的怨恨。

"你想和她见面吗？"拉莱再一次拒绝回应。

"给她写信，告诉她你喜欢她。"

他这是认为我有多傻？

"我给你拿纸和铅笔，我帮你把信交给她。你觉得怎么样？你知道她的名字吗？"

4562。

拉莱继续往前走。他知道任何一个囚犯拥有笔或纸都是死罪。

"我们这是要去哪儿？"拉莱换了个话题。

"去奥斯维辛。医生需要更多病人。"

拉莱感到一阵寒意。他记得那个穿白大褂的男人，他那双长满汗毛的手放在女孩们脸上。拉莱从来没像那天那样对医生感到如此不安。

"但今天是星期天。"巴雷茨基笑着说，"哦，你以为其他人星期天不工作，你也一样放假吗？你想跟医生先生讨论这个？"巴雷茨基的笑变得很刺耳，拉莱脊背的寒意更甚。"请你一定要跟他说，为了我，文身师。告诉医生今天是你的休息日。我会特别高兴的。"

拉莱知道什么时候该闭嘴。他迈着大步走开，甩下巴雷茨基一段距离。

第四章

　　他们走去奥斯维辛，这一路巴雷茨基似乎心情都很愉快，接二连三地问了拉莱很多问题。"你多大了？""你之前是做什么的，我是说，你被带到这里之前？"

　　大多数时候拉莱也都问回去，他发现巴雷茨基喜欢聊自己。拉莱得知他只比自己小一岁，但这也是他们之间仅有的一点相似之处。他聊到女孩子的时候就像一个青少年。拉莱觉得在这个问题上，他会让巴雷茨基有所改变，就开始告诉巴雷茨基他和女孩子相处时的成功方法，怎样尊重她们，她们都在意什么。

　　"你给女孩送过花吗？"拉莱问。

　　"没有，我为什么要送花？"

　　"因为她们喜欢送花给她们的男士。如果那些花是你自己摘的就更好了。"

　　"好吧，我不会那样做的。我会被嘲笑的。"

　　"谁嘲笑你？"

"我的朋友们。"

"你说的是其他男人?"

"嗯,是的——他们会觉得我是个娘炮。"

"你觉得收到花的女孩会想些什么?"

"她想什么跟我有什么关系?"他得意地笑笑,拉了拉裤裆,"我只想从她们那里得到这个,这也是她们想从我这里要的。这些我都懂。"

拉莱朝前走。巴雷茨基赶忙赶上去。

"怎么?我说错什么了?"

"你真的想听我的回答吗?"

"是啊。"

拉莱转向巴雷茨基。"你有姐妹吗?"

"有啊,"巴雷茨基说,"两个。"

"你希望其他男人对待你姐妹的时候跟你对女孩的方式是一样的吗?"

"谁敢这么对我妹妹,我会杀了他们,"巴雷茨基从枪套掏出他的手枪,朝天开了几枪,"我会杀了他们。"

拉莱后退几步。枪声还在他们周围回响。巴雷茨基大口喘着气,他的脸气得发红,他的眼神很阴沉。

拉莱举起双手。"我知道了。就是有些事需要想想。"

"我不想聊这个了。"

拉莱才知道巴雷茨基不是德国人,而是出生在罗马尼亚,靠近斯洛伐克边境的一个小镇上,离拉莱的家乡克龙帕希只有几百公里。他离家出走到了柏林,加入了希特勒青年团,而后加入党卫队。他恨他的父亲,因为他经常狠殴他和他的兄弟姐妹。他还是很担心他的姐妹,一个妹妹,一个姐姐,她们都住在家里。

那天晚上他们走回比克瑙的路上，拉莱低声说："我接受你的建议，笔和纸，如果你觉得合适的话。她的号码是4562。"

晚饭后，拉莱悄悄溜到第七营房。卡波瞪眼盯着他，但什么也没说。

拉莱和他这里的朋友们分享了他晚上的额外口粮，只有一些面包皮。这些男人们互相聊着，交换他们各自得到的消息。他们之中信仰宗教的人像往常一样邀请拉莱参加晚祷。拉莱礼貌地拒绝了，他们也礼貌地接受了。这是日常惯例。

拉莱独自睡在他的小单间里，一睁眼就看到巴雷茨基站在他面前。他进门之前没敲门——他之前从来都不这样——但是这次有所不同。

"她在第二十九营房。"他递给拉莱一支铅笔和一些纸，"拿着，给她写信，我保证她能拿到。"

"你知道她的名字吗？"

巴雷茨基的表情就是答案。**你觉得呢？**

"一个小时后我回来，把信带去给她。"

"两个小时吧。"

拉莱提笔准备给4562号因犯写信，但开头就让他感到十分苦恼。**要怎么开场？我要怎么称呼她？** 最终他决定还是简单一点："你好，我是拉莱。"巴雷茨基回来的时候，拉莱递给他一张纸，上面只有几句话。他告诉她他来自斯洛伐克的克龙帕希，他的年龄，家里的人员构成，他相信他们是安全的。他请她下星期天早上到行政大楼附近。他解释说，他也会尽量到那里，如果他没出现，那应该是工作的缘故，因为他的工作不像其他人一样有时间规律。

巴雷茨基拿过这封信，在拉莱面前读了一遍。

"这些就是所有你想说的话？"

"其他更多的我想见面再聊。"

巴雷茨基在拉莱的床边坐下，倾身靠过来夸口说如果他是拉莱，他会写些什么，会做什么，换句话说，他不知道到了这周末他是不是还活着。拉莱谢谢他的意见，但还是想碰碰运气。

"好吧。我会把这封所谓的信送到她手里的，再给她笔和纸让她写回信。我会告诉她明天早上我来拿回信——给她一整晚的时间来想想她喜不喜欢你。"

他离开房间的时候冲拉莱得意地笑了笑。

我这是做了什么？他让 4562 号囚犯处在了一个充满危险的境地。他是受保护的。但她不是。但是他仍然想要，也需要冒这个险。

第二天，拉莱和莱昂一直工作到晚上。巴雷茨基始终在离他们不远的地方巡逻，也就是经常在排着队的囚犯身上施展自己的权威，他看不上谁的时候就把步枪当警棍使。他脸上也一如既往地挂着阴险的暗笑。他大摇大摆地在囚犯队伍里走来走去，自鸣得意，兴致很高。拉莱和莱昂收拾东西的时候，他才走过来，从外套口袋里拿出一张纸递给拉莱。

"哦，文身师。"他说，"她没说什么。我觉得你应该找别人来当女朋友。"

拉莱伸手去拿纸条的时候，巴雷茨基开玩笑地又拿开了。**好吧，既然你想玩。**拉莱转身就走开了。巴雷茨基追上拉莱，把纸条给了他。拉莱稍稍点了点头，以示他仅有的感谢。他把纸条放进包里，走向吃晚餐的地方，目送莱昂回他的营房，心想他可能又会错过他的晚餐。

拉莱到餐厅的时候已经没剩什么食物了。吃过之后，他把几片面包塞进袖子里，内心咒骂他原来的苏军制服现在换成了一件没有口袋的像睡衣的衣服。一进到第七营房，跟往常一样，他听到了此起彼伏的轻声问候。他解释说他这次只有不多的口粮，可

49

能只够莱昂和另外两个人，他承诺明天会尽量拿更多。他这次只待了一小会儿就赶紧回到了他自己的房间。藏在他工具包中的那张纸条引着他马上回去看。

他跳坐到床上，把纸条紧贴在胸口，想象 4562 号囚犯给他写信时的情景，他太渴望收到她的消息。最后，他打开了它。

"亲爱的拉莱。"这是开头。和他一样，这位女士也只写了短短几行。她也来自斯洛伐克。她 3 月以前就到了奥斯维辛，在这里的时间比拉莱更长。她在一个叫"加拿大"的仓库里工作，囚犯们在那里整理受害者们被没收的财物。她星期天会去大院里找他。拉莱重新读了纸条，翻来覆去看了好几遍。他从包里掏出一支铅笔，然后用粗体潦草地在信背面写道：**你的名字，你叫什么名字？**

第二天早上，巴雷茨基护送拉莱一个人去奥斯维辛。新运到的人不多，正好可以让莱昂休息一天。巴雷茨基开始打趣拉莱，说起那张纸条，还说他一定是离开女人堆太久了。拉莱并没理睬他的取笑，转而问他最近读没读过什么好书。

"书？我不读书。"巴雷茨基嘟哝。

"你应该读。"

"为什么？书有什么好的？"

"你能从中学到很多，如果你能引用书里的话或者诵诗，女孩子们会很喜欢。"

"我不需要引用。我有这身制服，就足够追女孩了。她们喜欢这身制服。我有个女朋友，你知道的。"巴雷茨基吹嘘道。

拉莱还是第一次听说。

"那很不错。她喜欢你的制服？"

"是啊。她还会穿上，走来走去，挥手致敬——想象自己是

50

他妈的希特勒。"他边说边笑,让人不寒而栗。他还模仿她的样子,趾高气扬地往前走,伸出手喊:"希特勒万岁!希特勒万岁!"

"她喜欢你的制服并不意味着她喜欢你。"拉莱脱口而出。

巴雷茨基停下脚步。

拉莱对自己没过脑子就说出口的话感到很后悔。他放慢脚步,想着是不是要走回去跟他道歉。不,他还是继续走,静观其变。闭上眼睛,他抬起一只脚,挪到另一只脚前面,一步一步,等着,想着可能会听到枪声。他听到身后有跑步的声音。然后一只胳膊猛然拉住他的袖子。"你就是这么觉得的,文身师?她喜欢我仅仅因为我的制服?"

拉莱松了一口气,转身面对他开口:"我怎么知道她喜欢什么?要不你跟我说说其他关于她的事?"

拉莱不想继续这个对话,但是他刚刚躲过一颗子弹,也只能硬着头皮接下去。事实证明巴雷茨基对他的"女朋友"知之甚少,主要是因为他从来没问过她。这个问题太重要,拉莱无法避之不谈。但在了解之前,他就给了巴雷茨基一些建议,告诉他该如何对待女人。拉莱在脑海里告诉自己快闭嘴。身边这个怪物能不能尊重一个女孩,自己关心这个干什么?事实上,拉莱希望巴雷茨基不要活着离开这里,这样他就不会再跟任何一个女人在一起了。

第五章

　　星期天早上如约而至。拉莱从床上一跃而起，匆忙赶到外面。太阳当空。**大家都去哪儿了？鸟儿呢？它们怎么不唱歌了？**

　　"今天是星期天啊！"他自言自语道。他在周围转了转，发现附近警戒塔上的枪正指着他。

　　"噢，该死！"他赶快跑回他的营房，这时枪声也划破了黎明的静谧。警卫似乎就是想吓吓他。拉莱知道今天是囚犯们"睡觉"的一天，或至少不会离开他们的营房，直到饥饿难耐才会去拿黑咖啡和一片陈面包来果腹。警卫又朝楼里开了几枪，这纯粹是为了高兴。

　　拉莱回到了他的小房间，来回踱步，演练他和她相见的开场白。

　　你是我见过的最美的姑娘。他试了试这句，随即就觉得不行。他很确定的是，她现在的光头和那件曾被人穿过的宽大衣服是不会让她觉得漂亮的。不过，他也不会完全不考虑这么说。但也许最好的方式就是简简单单的——**你叫什么名字？**——然后接着聊下去。

拉莱按捺着自己激动的心情待在屋里，直到他开始听到外面的声响，这对现在的他来说是如此熟悉，营地正在苏醒。警报声先是惊醒了囚犯们。然后那些宿醉又缺觉的党卫队士兵们脾气暴躁地开始吼命令。盛早餐的大缸一路叮当作响，最后到达每个营房。送早餐的囚犯们拖着他们不堪重负的身体往前走，每时每刻他们都在变得更加虚弱，而缸在变得愈发沉重。

拉莱走到他的早餐点，跟其他有资格获得额外口粮的人站在一起。跟往常一样，大家点头致意，抬起眼睛，偶尔笑一笑。大家从不交谈。他吃了一半面包，把剩下的塞进袖子里，折了一个袖口以免它掉出来。如果可以的话，他就把面包给她。如果不行，他就给莱昂。

他看着今天没工作的囚犯们和其他营房的朋友们混在一起，又散成一小群一小群，坐下享受着夏日的阳光。夏日将尽，秋天已经不远了。他准备去大院找她，却突然意识到他的包不见了。**我的命根啊。**他出门都是一直带着它的，而且今天早上还在。**我的脑子呢？**他跑回营房，再次出现的时候板着脸，手里拿着包——身负使命的人。

拉莱在他的狱友们中走过，和他认识的第七营房的人聊天，仿佛时间就这样过了很久。他的眼睛一直在人群里寻找她的身影。他正和莱昂说话，突然脖子后的绒毛直立，有种被人注视的感觉。他转过身。她在那里。

她正和另外三个女孩聊天，注意到他已经看见她了，就停了下来。拉莱朝那群女孩走过去，她的朋友们退后几步，和这位陌生人之间保持了一定的距离。她们听说过拉莱。她被独自留在那儿站着。

他走近她，再次凝视她的眼睛。她的朋友们在后面小声地咯咯笑。她笑了。这是一个略带腼腆的微笑。拉莱几乎说不出话来。但他还是鼓起勇气，把面包和信递给她。在信里，他告诉她，他无时无刻不在想着她，无法自拔。

"你叫什么名字？"他问，"我想我需要知道你的名字。"

他身后有人说："吉塔。"

他还没能做什么或说什么之前，吉塔的朋友们就冲过来把她拉走，边走边低声地问东问西。

那晚，拉莱躺在他的床上，不断重复着她的名字。"吉塔。吉塔。多么美的名字。"

女子营的第二十九营房里，吉塔和她的朋友丹娜和伊凡娜蜷坐在一起。泛光灯的光束从木墙上的裂缝中透进来，吉塔在紧张地读拉莱的信。

"你还要看多少遍？"丹娜问。

"噢，我不知道，直到我能记牢每一个字。"吉塔回答。

"那会是什么时候？"

"大概两个小时前。"吉塔咯咯地笑。丹娜给了她的朋友一个紧紧的拥抱。

第二天早上，吉塔和丹娜是最后离开她们的营房的两个人。她们挽着胳膊，一路聊着天，没在意身边的环境。她们营房外的党卫队士兵突然就用枪柄打了吉塔。两个女孩跌到地上。吉塔痛苦地大叫。他抬了抬枪，示意她们站起来。她们站起来，眉眼低垂。

他厌恶地看着她们吼道："别让我再看见你们笑。"他从枪套里掏出手枪用力抵在吉塔的太阳穴上。他对另一个军官说："今天不给她们放饭。"

他走开以后，她们的卡波走上前猛然打了她们两巴掌。"别忘了你们这是在哪儿。"然后她也走开了。吉塔侧着头靠在丹娜的肩膀上。

"我跟你说过拉莱下个星期天要找我说话，是不是?"

星期天。囚犯们独自或是一小撮地四散坐在院子里。有些人靠坐在楼边，他们太虚弱了，多动一步都觉得很累。只有几个党卫队士兵走来走去，聊天，抽烟，也不理这些囚犯。吉塔和她的朋友们四处走动，面无表情，满脸茫然。只有吉塔在低声说话，四处张望。

拉莱看到吉塔和她的朋友们，微笑地看着她忧虑的表情。每次她快看到他的时候，他都侧身躲在其他囚犯身后。他慢慢朝她走过去。丹娜最先注意到他，正要说什么的时候，拉莱比了一个"嘘"的手势。他径直走过去，没停下脚步，拉着吉塔的手继续往前走。她的朋友们咯咯低笑，互相挽着，拉莱悄悄地带着吉塔走到行政大楼背后，确认了附近塔楼的看守比较放松，没朝他们这边看。

他靠着墙壁向下蹲，拉着吉塔和他一起。从那里他们可以看见周围栅栏外面的森林。拉莱眼中除了吉塔别无其他，而她却盯着地面。

"你好……"他试探地说。

"你好。"她回答道。

"我希望我没吓到你。"

"我们安全吗?"她瞟了一眼附近的警戒塔。

"可能不安全，但我不能只是仅仅看到你。我要跟你在一起，像正常人一样跟你说说话。"

"但是我们不安全——"

"永远都不会安全的。跟我说话。我想听你的声音。我想了解你的一切。现在我只知道你的名字。吉塔。这是个漂亮的名字。"

"你想听我说什么?"

拉莱想来想去不知道该问什么。他最后选择了问些最日常的。"怎么样……你今天过得怎么样?"

她抬起头直视着他的眼睛道:"哦,你知道怎么样。起床,吃了一顿丰盛的早餐,吻别了爸爸妈妈,然后去赶公交车上班。工作。"

"好吧,好吧,对不起,我问了个蠢问题。"

他们并排坐着却没看彼此。拉莱静听着吉塔的呼吸声。她的拇指轻敲着大腿。最后,她说:"那你今天过得怎么样?"

"哦,你知道的。起床,吃了一顿丰盛的早餐……"

他们看向对方,低声笑起来。吉塔轻推拉莱。他们的手不经意地碰在一起。

"如果我们聊不了我们的生活,那就告诉我关于你的事吧。"拉莱说。

"没什么好说的。"

拉莱吃了一惊问:"肯定有啊。你姓什么?"

她盯着拉莱,摇摇头说:"我只是一个号码。你应该知道的。还是你给我的。"

"不错,但那只是在这里。我想知道在外面你是谁?"

"外面不再存在了。只有这里。"

拉莱站起来盯着她。"我叫路德维希·艾森伯格,大家都叫我拉莱。我来自斯洛伐克克龙帕希。我家里有母亲、父亲、哥哥,还有姐姐。"他说到这停下了,"现在该你了。"

吉塔抬头紧盯着他,斩钉截铁地说:"我是波兰比克瑙的4562号囚犯。"

对话就这样陷入了不安的静默。他看着她和她低垂的眼睛。她正在纠结说什么，不说什么。

拉莱重新坐下，这次坐到她的对面。他伸出手想要牵她的手，但又缩了回来。"我本不想让你难过的，但是你能答应我一件事吗？"

"什么？"

"在我们离开这儿之前，你告诉我你是谁，来自哪里。"

她看着他的眼睛说："好的，我一定。"

"好了，我现在很开心。他们安排你在'加拿大'工作？"

吉塔点点头。

"那里还好吗？"

"还可以。但那些德国人就是把所有囚犯们的东西都堆在一起。腐烂的食物和衣服混在一起。还有那些发了霉的——我太讨厌霉菌了，臭死了。"

"你没在外面工作，我就很高兴了。我跟一些男人聊天时了解的，他们村子里的一些女孩子也在'加拿大'工作。他们告诉我她们经常能找到珠宝和钱。"

"我听说过。但我好像只能找到发霉的面包。"

"你会很小心的，是不是？千万别做傻事，要时刻盯着党卫队士兵。"

"我已经吸取教训了，相信我。"

警笛声响起。

"你最好快回到你的营房。"拉莱说，"下次我会给你带些吃的。"

"你有吃的？"

"我能得到额外的。我会带给你的。下星期天见。"

拉莱站起来，朝吉塔伸出手。她接受了。他拉她起身，握住她的手，恋恋不舍不愿放开。他无法将视线从她脸上移开。

"我们该走了。"她转移了目光，但她的笑就如同魔咒一样，让拉莱双膝发软，定在那里不能动弹。

第六章

几个星期过去了。此时的营地周围已满是落叶，日子也变得越来越短，冬天很快就要到了。

这些人是什么人？自从来到营地之后拉莱就一直问自己这个问题。有一群在建筑工地上工作的人，他们每天穿着便服出现，下工之后拉莱就从没见过他们。拉莱和吉塔在一起的时间让他感到很愉悦，他确信他能在不惹怒党卫队士兵开枪的情况下跟一些人讲话。他的包就是他的挡箭牌。

拉莱看似漫不经心地溜达到一栋正在施工的砖楼前。这些楼似乎不像是给囚犯住的营房，但是拉莱今天并不关心它们的用途。他走近两个男人，一个比另外一个年长一些，他们蹲在一堆还没铺砌的砖堆那里正忙着砌砖。他们好奇地看着拉莱，放慢了他们的干活速度。拉莱拿起一块砖，假装研究它。

"我不明白。"他轻声说。

"你不明白什么？"年长一点的男人问。

"我是个犹太人。但他们没给我黄色星星。我看附近有很多政治犯、杀人犯，还有一些不干活的懒人。还有你们——你们也没戴标志。"

"这不关你的事，犹太崽。"年轻的男人说，他自己也就是个男孩。

"我是友好的。你应该知道怎么回事——看看我周围，我就是对你和你的朋友们感到很好奇。我叫拉莱。"

"走开！"年轻人说。

"坐这儿吧，小子。别理他。"年长的男人对拉莱说，他的声音很粗重，像是抽了太多的烟而熏坏了嗓子。"我叫维克多。这是我儿子尤里。"维克多伸出手，拉莱握了上去。接着拉莱朝尤里伸出手，但他并没理会。

"我们住在附近，"维克多解释说，"所以我们每天会来这儿干活。"

"我不太明白。你们每天来这儿白干活？我的意思是，他们付你们钱吗？"

尤里插嘴道："是的，犹太崽，我们拿工钱，每天晚上回家。你——"

"我让你闭嘴，尤里。你没看到这个人并没有恶意吗？"

"谢谢你，维克多。我不是来找麻烦的。就像我之前说的，我只是想知道怎么回事。"

"你的包是干什么的？"尤里问，当着拉莱的面被父亲训斥让他感到不爽。

"我的工具。往囚犯们身上文号码的工具。我是文身师。"

"你这个工作忙啊。"维克多讥讽地说。

"有时候是的。但我从来不知道什么时候人被送过来，或者送来多少人。"

"我听说情况还会更糟的。"

"你这是准备告诉我吗?"

"这栋楼。我看过计划。你不会喜欢它的。"

"它不会比现在这里的一切更糟了。"拉莱站起来,靠着一堆砖让自己站稳。

"这栋楼被叫作 1 号焚尸炉。"维克多轻声说,边说边看着远处。

"焚尸炉。1 号。难道还可能有 2 号?"

"对不起。我说过你不会喜欢的。"

拉莱挥拳打飞了最上面刚铺好的砖块,双手痛苦地发抖。

维克多伸手从身边的包里掏出一块用蜡纸包着的风干香肠。

"来,拿着,我知道他们不让你们吃饱,我有不少呢。"

"那是我们的午饭!"尤里大喊,冲过去从他父亲递出去的手里把香肠抢回来。

维克多推开了尤里说:"你一天不吃不会怎么样的。这个人更需要它。"

"等我们回家我要告诉母亲。"

"你最好希望我不会告诉她你都干了什么。要有教养,你要学的太多了,年轻人。今天就是你的第一课。"

拉莱还没接过香肠就说:"不好意思。我没想给你们找麻烦。"

"哼,你已经找了。"发小孩子脾气的尤里哭喊道。

"不,他没有。"维克多说,"拉莱,拿着香肠,明天也过来看我们。我会给你更多的。管它呢,如果我们只能帮到你一个人,我们也会帮的。是不是,尤里?"

尤里不情愿地朝拉莱伸出手,拉莱和他握了握手。

"救一个,也就救了整个世界。"拉莱轻声说,更像是自言自语。

"我帮不了你们所有人。"

拉莱接过吃的。"我没什么能回报你们的。"

"这没关系。"

"谢谢你。或许我有法子报答你们。如果我知道该怎么做，你们能帮我带点其他东西吗，比如说巧克力？"他想要巧克力。如果你能弄得到巧克力，那才是该送给女孩子的东西。

"我们会想办法的。你最好快点走，有个士兵注意到我们了。"

"回见。"拉莱边说边把香肠塞进包里。他走回住处的路上，雪花飘落在他四周。雪花捕捉到太阳最后的几束光，折射出闪闪的光亮跃然跳动，这让他想起了小时候玩的万花筒。**这是什么情况？**拉莱匆匆赶回住处，压制不住涌上心头的情绪。他已经分不清脸上的是融化的雪花还是流下的眼泪。1942年的冬天就这样来了。

回到房间之后，拉莱拿出那大块香肠，仔细地把它均分成几块。他把蜡纸撕成条，紧紧包住每块香肠，然后把它们放进他的包里。包完最后一块的时候，拉莱停下手，看着这小块却令人满足的食物包裹躺在他粗糙的脏手指旁边。这些手指曾经很光滑干净，指尖还圆鼓鼓的，曾经经手很富足的食物，还曾举起手示意主人道："不用了，谢谢，我已经吃饱了。"他摇了摇头，把最后一块香肠放进包里。

他朝着一栋"加拿大"楼走去。他曾经问过第七营房的一个人，为什么他们管分类的房间叫那个名字。

"在那儿工作的女孩子梦想生活在一个遥远的地方，那里万物富足，生活可以随心所欲。她们认为加拿大就是这样的一个地方。"

拉莱跟几个在这个"加拿大"里工作的女孩子讲过话。他已经看到这里每个人来来往往进出很多次，还观察到吉塔并不在这里工作。"加拿大"还有其他的楼栋，但他不太容易进出，她一定是在其中一栋里工作。他发现之前说过话的两个女孩子正在一起走路。他把手伸进包里，拿出了两个小包裹，笑着走向她们。然后转身走在她们旁边。

"我希望你们慢慢地伸出一只手。我要给你们一包香肠。只有你们自己的时候再打开。"

两个女孩按他说的做了，没有停下脚步，她们用余光瞟着可能会看见她们的党卫队士兵。她们一拿到香肠就把胳膊抱在胸前，让自己保暖的同时也保护她们收到的礼物。

"姑娘们，我听说你们有时候会找到珠宝和钱，是不是？"

两个女孩交换了眼色。

"听着，我不想让你们以身犯险，但是你们觉得有没有办法能偷运出来一点给我？"

其中一个女孩紧张地说："应该不太难。我们的看守现在不太关注我们。她们认为我们没什么威胁。"

"太好了。在不引起怀疑的前提下你们能拿到什么就拿什么，这样我就能给你们买香肠或者其他吃的。"

"你能弄到些巧克力吗？"其中一个问，她的眼睛闪着光。

"我不能保证，但肯定会试试。记住，一次只需要拿一点。我明天下午会尽量来这里。如果我来不了，那在我再来之前，你们有什么安全的地方能藏东西吗？"

"我们营房不行。我们不能藏东西。一直都有人来搜查。"一人回答道。

"我知道一个地方。"另一个说，"我们营房后面有雪堆。我们可以把东西包进碎布里，去厕所的时候藏在那里。"

"没错，这样是可行的。"之前那个说。

"你们正做的事还有从哪里得到的食物，跟任何人都不能说，好吗？这很重要。你们什么都不说就能活着。明白吗？"

其中一个女孩把手指交叉放在紧闭的嘴上。他们靠近女子营地的院子时，拉莱和她们分开了，又在第二十九营房外面晃荡了一会儿，没发现吉塔的踪迹。那么就这样吧。但三天之后就又到星期天了。

第二天，拉莱只用了几个小时就完成了他在比克瑙的工作。莱昂请他一起度过下午，莱昂一直想找个机会谈谈他们现在的处境，正好今天可以避开一大屋子想要听清他们对话里每个字的人。拉莱央求他换个时候，说他感觉身体不舒服，需要休息。他们就分路离开了。

拉莱很矛盾。他迫切地想要维克多带来的随便什么食物，但他需要付给维克多些什么。女孩们结束工作的时间与维克多和其他来访的工人离开的时间差不多。他不确定是否有足够的时间去看看她们藏了什么。最后他觉得还是先去找维克多，向他保证自己正在想办法获取一些报酬。

拉莱手里拿着包朝正在施工的营地走去。他四处寻找维克多和尤里。维克多看到他之后就轻推尤里跟着他，两人离开其他工人慢慢走近拉莱。拉莱这时已经停下脚步，假装在包里找东西。尤里伸出手跟拉莱打招呼。

"他的母亲昨晚跟他谈了谈。"维克多说。

"对不起，我还没能拿到任何东西给你们，但我希望很快就会有的。在我能付清你们之前送给我的食物之前，请不要再带东西来了。"

"没关系，我们有足够的富余。"维克多说。

"不，你们在冒险。无论如何你们都应该得到一些回报的。给我一两天时间。"

维克多从他的包里拿出两个包裹放进了拉莱开着的包里。"明天同样的时间，我们还会来这里。"

"谢谢你们。"拉莱说。

"明天见。"尤里说，这让拉莱欣慰一笑。

"明天见，尤里。"

拉莱回到他的房间后打开了包裹，里面是香肠和巧克力。他拿起巧克力放在鼻子底下，用力闻着它的味道。他再一次把它们分成小份，这样比较方便让女孩子们隐藏和传递。哦，他希望她们一定要谨慎些。如果被发现的话，后果不堪设想。他给第七营房留了少量的香肠。"放下工具"的汽笛声打断了他正要确保每份食物都要同等分量的事。他把所有东西都丢到包里，赶紧跑去"加拿大"。

拉莱在离女子营地不远的地方赶上了他的两个朋友。她们看到拉莱过来，就放慢了脚步，落在涌回"家"的女孩人群的后面。他一手拿着捆好的食物，一手拿着打开的包，朝两个女孩挤过去。她们都没看他，就往他的包里扔了点东西，他把食物放进她们手里，她们又把食物包塞进袖子里。拉莱和她们在女子营地的入口处分道走开。

拉莱把这四块布条放在床上，不知道里会包着什么。他轻轻地打开它们。里面有一些硬币、波兰兹罗提纸币、裸钻、红宝石、蓝宝石和镶嵌着珍贵宝石的金戒指和银戒指。拉莱后退一步，撞到身后的门上。这些物品的身世都是一段悲伤的历史，这让拉莱颇感震惊，每件物品身上都承载着之前主人生命中值得纪念的时刻。他也为自己的安全感到担忧。如果他被查到拥有这些财物，那他一定活不成。外面的一阵喧嚣声让他把所有的珠宝和现金都丢回包里，抱着包跳回到床上。没人进来。最后他从床上起来，带着他的包去吃晚饭。在食堂里，他不像往常一样把包放在脚边，而是用一只手紧紧抓着它，还要尽量显得不那么奇怪。他怀疑他伪装得很失败。

那天晚上，他把宝石、钱币、松动的宝石和首饰分开，分别用之前的布条包好。他把其中的大部分藏在床垫底下，把一颗单颗的红宝石和一个钻石戒指放进包里。

第二天早上七点，拉莱在主院大门口徘徊，当地工人这时正好进来。他悄悄贴近维克多，张开手掌露出红宝石和戒指。维克多和拉莱握手，两只手掌贴在一起，珠宝就转手了。拉莱的包是打开的，维克多也迅速把几个包裹放进去。他们的联盟现在稳定了下来。

维克多低声说："新年快乐。"

拉莱迈着沉重的步伐艰难地走开了。鹅毛大雪将整个营地映得雪白。1943 年就这样拉开了帷幕。

第七章

　　天气刺骨地寒冷，白雪和泥土混在一起泥泞不堪。即便如此，拉莱还是很高兴。今天是星期天。在院子里散步的人总归需要些勇气，拉莱和吉塔当然会在其中，他们只希望能有一次稍纵即逝的会面，讲上一两句话，握握彼此的手。

　　他来回踱步，四处寻找吉塔的身影，又要不停地抵抗入骨的严寒。他在不引起看守怀疑的情况下尽可能地在女子营地前面转悠。有几个来自第二十九营房的女孩进进出出，但是其中并没有吉塔。他正要放弃的时候，丹娜出现了，她扫视了一周看到拉莱，赶紧朝他走过去。

　　"吉塔生病了。"她一靠过来就说道，"她生病了，拉莱。我不知道该怎么办。"

　　他十分惊慌，心快从喉咙里跳出来，他还记得堆放尸体的手推车，记得命悬一线的死里逃生，记得那些护理他重回健康的兄弟们。"我得见见她。"

"你不能进去——我们卡波心情很不好。她想要叫党卫队把吉塔带走。"

"你不能让他们来。你千万不能让他们带走她。求你了，丹娜。"拉莱说，"她哪里不舒服？你知道吗？"

"我们觉得是斑疹伤寒。这周我们营房死了好几个女孩了。"

"那她需要药。"

"那我们从哪儿能弄到药啊，拉莱？如果我们去医院问药的话，那他们直接就会带走她的。我不能失去她。我已经失去了全部家人。请你一定要帮帮我们，拉莱？"丹娜恳求道。

"不要带她去医院。做什么都不能去那里。"拉莱的大脑在飞速运转。"听我说，丹娜——我可能需要几天时间，但我一定会尽全力试试帮她弄到药的。"说完他感到全身发麻。他的视线模糊不清，脑袋嗡嗡作响。

"听着，你得这样做。明天早上带着她，不管怎样——背着还是拽着，无论如何——都要带她到'加拿大'。白天把她藏在衣服堆里，尽你所能给她喂水，然后带她回营房点名。在我弄到药之前，你可能要这样做几天，但是你一定要这样做。这是唯一能够不让她去医院的办法了。现在快回去吧，去照顾她。"

"好的，我能做到。伊凡娜也会帮我的。但是她一定得有药。"

他抓住丹娜的手说："告诉她……"

丹娜在等他继续说。

"告诉她我会照顾她的。"

拉莱看着丹娜跑回营房。他无法动弹。思绪在他脑海里游荡。他每天都能看到死亡手推车——大家叫它"黑色玛丽"——那不是她的归宿。那绝对不是她的命运。他环顾四周，看着这些还在外面冒险的勇敢的灵魂。他想象他们跌进雪堆，躺在那里朝他微笑，谢天谢地，死亡将他们从这个地方拯救了出去。

"你不能带走她。我是不会让你把她从我身边抢走的。"他叫道。

囚犯们都避开他走远。在这样阴冷黑暗的日子里，党卫队也待在屋里不出门。拉莱很快就孤身一人，寒冷和恐惧麻木了他的身体和感知。最后他抬起脚。他的意识重新融入身体之中。他跌跌撞撞地走回他的房间，瘫倒在床上。

第二天早上，日光悄然照进他的房间。房间似乎很空荡，甚至连他自己也一样被掏空。从上朝下看，他没有看到自己。这是一种神游在身体之外的体验。**我去了哪儿？我得回来。我还有重要的事情要做。**昨天和丹娜会面的记忆将他拖回了现实。

他抓起他的包，套上靴子，拽了条毯子披在肩上，跃出房间跑去前门。他没心思查看附近有谁。他必须马上找到维克多和尤里。

他们两人跟施工队里的其他人一起到的营地，他们每一步都陷在雪地里，却还是一步步走向工地。他们看到拉莱，就离开了其他人，半路迎上拉莱。他给维克多看了看手里的宝石和钱币，算是一笔不小的财富。他就这样把自己拥有的一切放进了维克多的包里。

"药，治斑疹伤寒的。"拉莱说，"你能帮我吗？"

维克多把食物包放进拉莱开着的口袋里，点了点头。"没问题。"

拉莱匆匆赶到第二十九营房，远远望过去。她们在哪儿？为什么她们还没出来？他走来走去，没察觉到周围塔楼里注视着他的眼睛。他必须看到吉塔。她一定要撑过今晚。最后他看到了丹娜和伊凡娜，她们把虚弱的吉塔架在肩膀上。还有另外两个女孩在外围挡着以免其他人看到。拉莱一下子跪倒在地，想着这有可能是他最后一次见到她了。

"你在这儿干吗呢?"巴雷茨基出现在拉莱身后。

他晃晃悠悠地站起来。"我刚刚感觉不舒服,但现在没事了。"

"或许你应该去看看大夫。你知道我们奥斯维辛里有几个的。"

"没事,谢谢,那我还不如让你开枪打死我呢。"

巴雷茨基从枪套里拿出手枪说:"如果你想死在这里的话,文身师,我很乐意成全你。"

"我知道你会的,但不是今天。"拉莱说,"我猜我们有活儿要干?"

巴雷茨基重新放回枪。"奥斯维辛。"他说,然后开始往前走,"还有,你身上那条毯子,哪里拿的就送回哪儿去。这让你看起来很可笑。"

拉莱和莱昂一上午都在奥斯维辛给吓破胆的新人文号码,还要试着缓解他们所受的震惊。拉莱的心思一直在吉塔身上,所以有好几次他都下手很重。

下午工作完成之后,拉莱小跑着回到比克瑙。他在第二十九营房入口附近见到丹娜,把早餐所有的口粮都给了她。

"我们用衣服给她铺了张床。"丹娜边说边把吃的放进临时折出来的袖口里,"我们把雪化成水喂给她。今天下午我们带她回营房,但是她现在状态还是特别糟糕。"

拉莱握紧了丹娜的手,"谢谢你。试着喂她吃点东西。明天我就能拿到药了。"

他离开那里,思绪混乱,感到一阵天旋地转。**我几乎不了解吉塔,但没有她我该怎么活?**

那晚,拉莱无眠。

第二天早上,维克多把药和食物都放进拉莱的包里。

那天下午，他就能把药带给丹娜。

晚上，丹娜和伊凡娜坐在完全失去意识的吉塔身边。斑疹伤寒拉扯着她走向死亡，她们没力气拽回她。生命的烛火将熄，暗淡的死寂已经完全将吉塔笼罩在其中。她们和她说话，但吉塔对此都毫无反应。伊凡娜张开吉塔的嘴，丹娜从小药水瓶中滴了几滴药进去。

"我觉得我没办法再带她去'加拿大'了。"十分疲惫的伊凡娜说。

"她会好转的。"丹娜坚持说，"就再挺住几天吧。"

"拉莱从哪儿弄到的药？"

"我们不需要知道。感谢他做到了。"

"你觉得还来得及救回她吗？"

"我不知道，伊凡娜。我们就紧抱着她撑过今晚吧。"

第二天早上，拉莱远远看见吉塔再一次被带去"加拿大"。他看见她几次都试着抬起头来，他万分高兴。他现在需要去找巴雷茨基。

党卫队的大部分士兵都住在奥斯维辛。比克瑙只有一小栋楼给他们住，拉莱就要去那里碰碰运气，看看能不能找到巴雷茨基。几个小时之后巴雷茨基露面了，看到拉莱在等他，他看上去很惊讶。

"你工作挺闲的，嗯？"巴雷茨基问。

"我想请你帮个忙。"拉莱脱口而出。

巴雷茨基眯起了眼睛道："我可不会再做什么好事了。"

"或许有一天我也能为你做些什么。"

巴雷茨基笑着说："你能为我做什么？"

"那就说不准了，但是你就当预存了一个人情，万一呢？"

巴雷茨基叹了口气说："你想要我做什么？"

"是吉塔……"

"你女朋友。"

"你能把她从'加拿大'带去行政楼吗？"

"为什么？我想你是想让她待在有暖气的地方？"

"没错。"

巴雷茨基跺了跺脚说："这可能需要一两天，但是我会看看我能做些什么。但是我可不保证。"

"谢谢你。"

"你欠我的，文身师，"他轻抚手杖，熟悉的笑容又回来了，"你欠我的。"

也不知道哪里来的勇气，拉莱说："现在我还不欠你，但我希望能。"他走开了，脚步轻盈了一些。或许他可以让吉塔的日子过得容易点。

接下来的星期天，拉莱慢慢走在正在恢复的吉塔身边。他想要用手臂环抱着她，就像他看丹娜和伊凡娜做的那样，但他不敢。能待在她附近就已经很好了。走了不久吉塔就很疲累，但天太冷了也不能坐下休息。她穿着一件长毛呢大衣，很显然这是女孩们从"加拿大"中拿出来自用的，党卫队也没拦着。这件大衣的口袋很深，拉莱往里面装满了吃的，然后他就送她回营房休息。

第二天早上，吉塔被一个党卫队军官押送进主行政楼，这一路她都在发抖。这位年轻的女士不知道发生了什么，自然地就往最坏的方面去想。她一直在生病，现在她还很虚弱——显然当局已经认定她不再具有利用价值了。当这个军官跟另外一个级别更高的同僚说话的时候，吉塔环顾四周。这个大房间里清一色地摆满了绿色桌子和文件柜。所有的一切都井井有条。让她感受最深的是这里的温暖。党卫队也在这里工作，所以当然有暖气。女囚犯和女平民在这里安静又高效地工作——写文书、归档，大家都低着头。

押送吉塔过来的军官告诉她去她同事那里，她磕磕绊绊地走过去，毕竟她患斑疹伤寒还未痊愈。那个同事用手拉着她没让她倒下，然后又粗鲁地把她推开。接着她抓过吉塔的胳膊，检查了她的文身，拖着她走到一张空着的桌子前，把她推搡在硬木椅子上，旁边是另一个跟她穿的差不多的囚犯。那个女孩没抬头看，只想着尽可能让自己不引人注目，这样就可以被军官忽视。

"给她安排活儿。"脾气暴躁的军官咆哮道。

他走了之后，那个女孩就给吉塔看了一长串名单和详细信息。她递给她一沓卡片，意思是让她把每个人的详细信息先誊写到卡片上，然后放进她们中间一本大皮书里。她自始至终一句话都没说，用眼神扫了一眼整个房间，暗示吉塔也要闭嘴。

那天晚些时候，吉塔听到一个熟悉的声音，她抬起头。拉莱进到房间里，正把文件递交给一个在前台工作的平民女孩。对话结束后，他慢慢扫视屋子里所有的面孔。当他看到吉塔的时候，他眨了眨眼。她无法控制自己——她喘不过气，几个女人回头看了看她。吉塔旁边的女孩轻戳了一下她的肋骨。拉莱也慌忙从屋子里退出来。

一天工作结束后，吉塔看见拉莱站在远处，看着女孩子们离开行政楼走回各自的营房。重军把守在那里，拉莱没办法靠近。女孩子们走在一起会聊聊天。

"我叫希尔卡，"吉塔的新同事说，"我在第二十五营房。"

"我叫吉塔，住在第二十九营房。"

她们走到女子营地的时候，丹娜和伊凡娜冲向吉塔。"你没事儿吧？他们把你带去哪儿了？为什么他们要带走你？"丹娜一股脑地问，在她脸上能看到恐惧和宽慰。

"我没事。他们带我去行政办公室工作。"

"怎么会……？"伊凡娜问。

"拉莱。我觉得是他想办法安排的。"

"但是你没事。他们没伤到你吧？"

"我没事。这是希尔卡。我和她一起工作。"

丹娜和伊凡娜拥抱希尔卡以表问候。吉塔笑了，很高兴她的朋友们能这么快接纳另一个女孩子到她们的小群体里。整个下午吉塔都在担心她们会做何反应，毕竟她自己现在工作环境相对舒服，不需要忍受严寒，也不用做任何体力劳动。如果她们嫉妒她的新工作，不再和她在一起，吉塔也绝对不会怪她们的。

"我得回我的营房了。"希尔卡说，"明天见，吉塔。"

伊凡娜看着希尔卡一路走远了。"天哪，她真漂亮。就算穿着破布，她还是很美。"

"是啊。她一整天都在朝我微笑，让我宽慰了很多。她的美不仅仅是外在的。"

希尔卡转过身来对着她们三个人微笑。然后单手从头上取下围巾，向她们挥舞，长长的黑发披散在身后。她一举一动像天鹅一样优雅。这个年轻女子并没有意识到她的美貌是多么出众，也似乎没被周遭的恐怖所影响。

"你一定要问问她是怎么留下头发的。"伊凡娜说，漫不经心地抓了抓自己的头巾。

吉塔从头上拉下自己的头巾，伸出手摸了摸新长出来的头发茬。她很清楚，头发很快就会被剃干净，只留下头皮。想到这里

74

她收起了笑容，重新戴上头巾，挽着丹娜和伊凡娜的胳膊一起走向餐车。

第八章

　　德军席卷了沿途所有城市、城镇和村庄，清空了里面所有的犹太人。法国、比利时、南斯拉夫、意大利、摩拉维亚、希腊和挪威的犹太人也步了早已被捕的来自德国、奥地利、波兰和斯洛伐克的囚犯的后尘。拉莱和莱昂因此十分忙碌，不分昼夜。他们在奥斯维辛给那些不幸被"医疗队"选中的人文身。那些被指派去干活的人被运到比克瑙。这样拉莱和莱昂就节省了步行往返八公里的工夫。但新来的犯人太多，拉莱就没有办法去拿在"加拿大"工作的女孩偷运出来的"赃物"。他每天带着维克多带给他的吃的回到住处。有时等待文身的队伍变短了，如果时间正好，拉莱就会请求去趟厕所，这样他就可以去趟"加拿大"。他床垫下的宝石、珠宝和货币也日渐增多。

　　夜幕降临，等待文号码的人仍旧排成一列，都是为了活下去，哪怕时间不长。拉莱机械地工作，接过纸条，拿过胳膊，文号码。"走吧。""下一位。"他知道他很累，但接下来那人的胳膊也太重

76

了，他只能放下它。一位体型很大的男人站在他面前，对着拉莱的是整片胸部、粗壮的脖子和粗壮的四肢。

"我快饿死了。"男人低声说。

接着拉莱做了件他从没做过的事。"你叫什么名字？"他问。

"雅各布。"

拉莱开始给雅各布文号码。结束的时候他看了看周围，发现看守他们的党卫队都很累，也没太花精力盯着四周都发生着什么。拉莱将雅各布引到他身后，站在泛光灯照不到的阴影里。

"在这儿等我结束。"

拉莱和莱昂文好最后一名囚犯的号码，收好他们的工具和桌子。拉莱挥手告别莱昂，对他又一次错过了晚餐感到万分抱歉，答应他明天早上给他带一些藏起来的吃的。**或者，已经是今天早上了？** 雅各布还藏在那里，拉莱拖延一会儿确保所有党卫队都已经走开了。最后，附近一个人都没有。他又迅速瞥了一眼塔楼，保证没有人在向他们这里看。他让雅各布跟着他迅速走回自己的房间。拉莱关上他们身后的门，雅各布坐在拉莱的床上。拉莱抬起凹下去床垫的一角，拿出一些面包和香肠。他把这些递给这个男人，雅各布狼吞虎咽地吃下了去。

他吃过之后，拉莱问："你来自哪儿？"

"美国。"

"你怎么沦落到**这里**了？"

"我来波兰看望我的家人，就被困在这儿了——我离不开——然后我们被集中起来，就到了这里。我不知道我的家人们在哪里。我们被分开了。"

"但是你住在美国？"

"是的。"

"呸，真倒霉。"

"你叫什么?"雅各布问。

"我叫拉莱。他们叫我'文身师',像我一样,你会在这里活得不错的。"

"我不明白。你的意思是?"

"你的体格。这些德国人是有史以来最残忍的混蛋,但是他们也不是傻子。他们很懂得一个道理,就是让合适的人做适合的工作,我相信他们会给你安排的。"

"安排什么样的工作?"

"我不知道。你要等等看。你知道你被安排住在哪里吗?"

"第七营房。"

"啊,我很熟悉。来吧,你得偷偷溜回去。几个小时后要点名,那时候你最好出现在那儿。"

两天后是星期天。拉莱已经连续工作五个星期天了,他特别想念吉塔。他今天走进大院寻找吉塔的时候,阳光照在他身上很温暖。当他绕过一个营房的一角时,他被欢呼声和掌声吓了一跳。这种声音在集中营里可是前所未闻的。拉莱挤过人群走到中间。那里有一个舞台,周围围满了囚犯和党卫队,雅各布正在表演。

三个男人递给他一大块木板。他接过来就扔掉了。囚犯们争抢着避开以免被砸到。另一个囚犯递给他一根巨大的金属棒,雅各布伸手就把它从中间弯了弯。这场表演持续了很久,大家给雅各布拿越来越重的东西,让他展示他的力气。

突然人群一片静默。党卫队护送着霍斯特克正朝这边走过来。雅各布继续他的表演,没意识到这个新观众的到来。霍斯特克看着他举起一块钢板越过头顶,然后折弯它。他看够了,就朝身边的党卫队点了点头。党卫队朝雅各布走过去。他们没准备碰他,但是提着他们的枪指着方向让雅各布跟他们走。

人群逐渐散去，拉莱看到了吉塔。他朝她和她的朋友们冲过去。她们看见他的时候，有一两个女孩子咯咯地笑。在这个死亡营中，这声音显得如此格格不入，但是拉莱很喜欢。吉塔面露喜色。拉莱拉着她的胳膊，带她到了行政楼后面他们两个常去的地方。地面太冷没法坐下，吉塔就靠在墙上，抬脸倾向太阳。

　　"闭上眼睛。"拉莱说。

　　"为什么？"

　　"让你闭你就闭上吧。相信我。"

　　吉塔闭上她的眼睛。

　　"闭上眼睛，张开嘴。"

　　吉塔照做了。拉莱从他的包里拿出一块巧克力。他把它放在她的嘴唇上，让她感受它的质感，然后慢慢放进她的嘴里。她用舌头舔舐着它。拉莱又把它拿出来放到唇边。现在巧克力已经被舔湿了，他把它轻轻擦在她的嘴唇上，她高兴地舔掉了嘴上的巧克力。他再把巧克力放进她嘴里的时候，她咬了下来，吃了一大块，然后睁大眼睛。她回味着口中的香甜说："为什么你喂的巧克力味道就这么棒？"

　　"我不知道。没人喂过我。"

　　吉塔拿过拉莱手里的巧克力，掰下一小块。

　　"闭上眼睛，张开嘴。"

　　同样的剧情再次上演。吉塔把最后一点巧克力涂到拉莱嘴唇上，然后她轻轻地吻了他，舔走了巧克力。他睁眼，看见吉塔双眼紧闭。他把她拉到怀里，他们热烈地吻着。最后吉塔睁开眼睛的时候，她擦了擦拉莱脸上的眼泪。

　　"你的包里还有什么别的东西？"她开玩笑地问道。

　　拉莱轻哼了一声，然后笑着说："一枚钻石戒指。或者你更喜欢祖母绿？"

"哦，那我要钻石，谢谢你。"她配合着他说。

拉莱在他的包里仔细翻了翻，拿出一枚精致的银戒指，上面镶嵌了一颗钻石。他把戒指递给她，说道："这是你的了。"

吉塔盯着这枚戒指，眼神无法挪开，阳光照在钻石上光彩熠熠。"你从哪儿弄到手的？"

"在'加拿大'工作的女孩子们帮我找到珠宝和钱。一直以来我就是用这些来买食物和药给你和其他人。来，拿着。"

吉塔伸出手，想要试戴那枚戒指，但她还是缩回手。"不，你留着吧。好好利用它。"

"好吧。"拉莱正要把它放回包里。

"等一下。让我再看一眼。"

他把戒指夹在两只手指之间，向这边转转，再那边转转。

"这是我见过的最美的东西。好了，现在拿走它吧。"

"这是我见过第二美丽的东西。"拉莱看着吉塔说。她脸一红转去了另一边。

"如果你还有剩下的巧克力，我想再要一点。"

拉莱递给她一小块。她掰了一块放进嘴里，闭上眼睛享受了一会儿。她把剩下的包起来放进袖子里卷了起来。

"走吧。"拉莱说，"我送你回女孩子们那里，这样你们就能分享了。"

吉塔朝拉莱的脸伸过手去，爱抚他的脸颊。"谢谢你。"

她的靠近让拉莱神情恍惚差点没站稳。

吉塔牵着他的手开始往前走。拉莱在后面跟着。他们进到主院的时候，拉莱看见了巴雷茨基。他和吉塔松开了手。他向她递了递眼色，她只需要知道这些。跟她分离却一句话都不能说，而且他不确定他们下次相见会是何时，这让他很痛苦。他朝正在瞪着他的巴雷茨基走过去。

"我一直在找你。"巴雷茨基说,"我们要去奥斯维辛干活。"

在去往奥斯维辛的路上,拉莱和巴雷茨基没聊工作的细节,星期天还要工作一定算是几个人接受的惩罚。几个看守他们的党卫队士兵向巴雷茨基问好,他却没理他们。巴雷茨基今天很奇怪。通常他是那个话比较多的人,但是今天他看起来很紧张。拉莱看到前面有三个背靠背坐在地上的囚犯,彼此支撑着,显然已经累得力不能支了。囚犯们抬头看了看拉莱和巴雷茨基,但却一动不动。巴雷茨基停都没停就从背后拽过枪,向他们再三射击。

拉莱吓得僵在那里,他的眼睛直视着地上的死人。最后,他收回眼光看向走远的巴雷茨基,拉莱想起他第一次见到这样的情形,毫无理由攻击无辜的人——黑暗中跨坐在便池木板上。他来到比克瑙第一个晚上的情景在他眼前快速闪过。巴雷茨基离他越来越远,拉莱害怕他会将怒气发泄到自己身上,所以赶紧赶上他,但还是保持着一定的距离。他知道巴雷茨基知道他在后面跟着。再一次,他们到了奥斯维辛的大门口,拉莱抬头看看上面锻刻的字:**劳动使人自由**。他默默诅咒,不管上帝能不能听得到。

第九章
1943 年 3 月

　　拉莱到行政办公室报到，领取他的工作指令。天气正渐渐转好。已经一星期没下雪了。进门时，他扫了一眼办公室，确保吉塔在她应该在的位置上。她在那儿，还是坐在希尔卡旁边。她们两个已经成为很亲近的朋友，丹娜和伊凡娜也很欢迎希尔卡融入她们的小圈子。他习惯性地对她们两个眨眨眼，她们两个也微微一笑以示回应。他走向坐在前台后面的波兰女孩。

　　"早上好，贝拉。今天外面天气不错。"

　　"早上好，拉莱。"贝拉回应道，"你今天的工作内容在这里。上面要求我告诉你今天的所有号码前面都要加上一个字母'Z'。"

　　拉莱低头看了看号码单，确实每个号码前面都有字母"Z"。

　　"你知道这代表什么意思吗？"

　　"不知道，拉莱，他们什么也没跟我说。你比我知道的要多。我就是执行指令而已。"

　　"我也是，贝拉。谢谢，回见。"

拉莱拿着工作指令走出了办公室。

"拉莱。"贝拉喊道。

他转过身。她朝吉塔的方向点点头，问他："你是不是忘了什么了？"

他冲贝拉笑了笑，然后朝吉塔抬了抬眉毛。几个女孩用手轻挡住嘴，眼睛瞄着监视她们工作的党卫队士兵。

莱昂在外面等着拉莱。两人走去工作站的路上，拉莱跟他讲了今天的工作内容。附近的卡车正在往下卸人，男人们在那里登记，看上去好像刚刚反应过来是怎么回事。跟年长一些的男人和女人们一起从车里下来的还有孩子。比克瑙之前可从来没出现过孩子。

"想必我们不用给孩子文号码吧。我不会那样做的。"莱昂信誓旦旦地说。

"巴雷茨基来了。他会告诉我们做什么。一句话都别说。"

巴雷茨基大步朝他们走过来。"我觉得你已经发现了今天有些不同，文身师。这些是你的新同伴。从现在开始你要和他们共住一个营房，所以你最好对他们好一点。从人数上来看，你可没什么优势——实际上他们的人真的太多了。"

拉莱什么也没说。

"他们是欧洲的污秽，甚至比你们还要糟糕。他们是吉卜赛人，但我不知道为什么，元首决定让他们跟你们一起生活在这里。你觉得怎么样，文身师？"

"我们要给孩子文号码吗？"

"给你们递号码的人都要文。你们去工作吧。我在挑选那边会很忙，所以不要让我来这里。"

巴雷茨基转身离开后，莱昂结结巴巴地说："我不会这么做的。"

"让我们等等看到底是什么情况。"

过了不久，男人、女人、被抱在怀里的婴儿和弯腰驼背的老人就朝拉莱和莱昂走过来，他们两个得知不需要给孩子文身很是高兴，即便还有一些拿着号码的人对拉莱来说也还是孩子。他就这样做他的工作，给孩子们的父母文号码时，他会冲站着身边的孩子们微笑，偶尔遇到抱着婴儿的母亲，他还会夸夸她拥有一个可爱的宝宝。巴雷茨基离得远听不到这边的对话。在给老妇人文号码的时候，他的内心最是挣扎，她们看起来像是行尸走肉：眼神空洞，或许已经意识到了即将迎接她们的命运。拉莱对她们说了"抱歉"，虽然他知道她们可能不明白这是为什么。

行政楼里，吉塔和希尔卡正在她们的办公桌前工作。两个党卫队军官毫无预兆地靠近她们。其中一个人抓住希尔卡胳膊的时候，她吓得倒抽了一口气，颤抖地站了起来。吉塔看着希尔卡被带出房间，希尔卡回头看她，满眼不解和央求。吉塔没注意到党卫队管理人员朝她走过来，直到她感觉到一只手打了她的头。这是明确让她回去继续工作的信息。

希尔卡被拖着走过一条长长的走廊通往一处楼里她没去过的地方，她想要反抗，但她不是这两个人的对手。他们走到一扇关着的门前停了下来，打开门把她扔了进去。希尔卡站起来看了看四周。一张有四根帷柱的大床占了屋子的一大部分。还有一个梳妆台，一个上面放了盏台灯的床头柜，还有一把椅子。有个人坐在椅子上。希尔卡认出了他：营地负责人施瓦茨休伯，比克瑙的高级指挥官。他是个仪表堂堂的人，但很少出现在营地里。他坐在那里，用手杖敲打着他的高筒皮靴。他面无表情地盯着希尔卡头顶上方。希尔卡往后退紧靠在门上。她伸手去抓门把手。一瞬间，那根手杖划过空气打到希尔卡的手上。她痛苦地叫了一声，跌坐在地板上。

施瓦茨休伯走到她身边，捡起他的手杖。他站在她面前。她抬头看见他张大的鼻孔。他正喘着粗气瞪着她。他脱下帽子随手扔到房间的另一边。另一只手拿着手杖，接着敲打他的腿。每一次敲打，希尔卡都感到一阵战栗，好像下一次就要打在她身上一样。他用手杖向上撩了撩她的衬衫。希尔卡知道即将要发生什么，就用发抖的双手解开了衬衫最上面两颗扣子。施瓦茨休伯接着把手杖抵在她的下巴上，让她自己站起来。在这个男人面前，她简直弱小不堪。她从他的眼睛里什么都看不到，这个男人的灵魂已经死了，他的身体也将不日而亡。

他张开双臂，她理解这个姿势的意思是"给我脱衣服"。她走进了一步，但还跟他保持着一臂的距离，开始解他上衣繁多的扣子。他又用手杖重重敲了下她的后背，让她动作快点儿。施瓦茨休伯扔掉了手杖，这样她就可以脱掉他的上衣。他从她手上接过上衣，又扔了出去。他脱掉衬衣。希尔卡开始解开他的皮带，拉开裤子拉链。她跪下去，把裤子拉到他的脚踝，卡在靴子那里脱不下来。

希尔卡跪得不稳，他推开她的时候，她重重摔倒在地。他一下子跪在地上，两腿叉开跨坐在她身上，然后撕扯她的衬衫。希尔卡吓坏了，想要挡住自己的身体。而下一刻她感到的是他的手背抽在她脸上，她闭上了眼睛，既然在劫难逃，她只能放弃挣扎。

那天晚上，吉塔从办公室跑回营房，泪流满面。丹娜和伊凡娜过了一会儿才回来，发现吉塔在她们的床铺上抽泣。她非常伤心难以自已，仅仅能告诉她们希尔卡被带走了。

这只会是时间问题。拉莱自从成为文身师之后，他自己住在一个营房里。每天回到那里的时候，他都会观察一下周围建筑物建造的进展。集中营是一个规则很明确的地方，每个营房里的单人房通常都是给卡波住的，尽管他不是任何人的卡波。他经常会想，他身后的这些空床铺早晚都会住满人的。

今天，拉莱回到他的营房，看着孩子们在外面跑来跑去捉迷藏。生活很快就会变得完全不同。几个年龄较大的孩子跑到他跟前问一些他答不上来的问题。拉莱发现自己可以和他们用混杂的匈牙利语交谈，即便经常不是很准确。拉莱向这些现在跟他住在同一营房的人指了指他的房间，用最严肃的声音告诉他们绝对不要进去，永远都不要。拉莱知道他们能听懂，但他们会听进去吗？只有时间会给出答案。他承认自己对吉卜赛文化知之甚少，也不知道需不需要为他床垫下面储藏的东西另找个安全的地方。

拉莱走进营房，和其中大多数的男人们握了握手，点头跟女人们打了招呼，尤其是对那些年长的妇人们。他们知道拉莱在这里是做什么的，但拉莱还是想进一步解释一下。他们想知道自己接下来会面临什么。这个问题合情合理，但是拉莱并没有答案。他保证如果听到跟他们有关的消息一定会告诉他们。他们似乎很感激。很多人告诉拉莱，他们之前从没跟犹太人讲过话。拉莱之前也从没想过会和吉卜赛人讲话。

那天晚上，拉莱难以入睡。他需要适应周围婴儿的哭声和孩子们向他们的父母讨要食物的苦苦哀求。

第十章

几天之内，拉莱就成了一名荣誉罗姆人[1]。他住的营房现在已经正式成为"吉卜赛营"。每次他回到这里的时候，年轻的男孩和女孩都会跟他问好，围在他身边缠着他一起玩，或者从他的包里翻吃的。他们知道拉莱有办法得到食物，拉莱也会跟他们分享一些。但拉莱解释说，他会尽可能给大人们和最需要的那些人提供食物。很多成年男人每天都要来问问拉莱是否得知关于他们命运的任何消息。拉莱保证，如果他听到任何风声，都会告诉他们的。拉莱建议他们尽量接受现状，也劝他们最好要为孩子们提供一些教育，即便是仅仅给他们讲讲关于他们家乡、家族和文化的故事。

---

1. 罗姆人（Romani）是吉卜赛人的自称。在吉卜赛人语中，"罗姆"的原意是"人"。吉卜赛人、茨冈人、波希米亚人等都是其他民族对罗姆人的称呼。罗姆人属于印欧语系的白人种族，原生活于印度拉贾斯坦邦，中世纪后逐渐向欧洲迁徙，后流浪散居遍布全球。希特勒纳粹时代，吉卜赛人和犹太人一样被归为"劣等民族"，在欧洲被屠杀的多达 200万人。

拉莱很高兴地见到他们采纳了这个建议，老妇人们肩负起了教师的责任。他在她们之中见到了从前不曾出现过的微闪的希望之光。当然，拉莱每次回来都会打断当下正在进行的授课。有时拉莱和他们坐在一起，倾听、学习这个和自己出身完全不同的民族和文化。拉莱经常提问，老妇人们也很乐意解答，同时也进一步教导孩子们，因为他提问的时候，孩子们的兴趣似乎更高。拉莱和家人们定居在一个地方度过一生，罗姆人的游牧生活令他心驰神往。拉莱舒适的生活，对自己在世界中的定位明确，他受的教育和生活经历，跟这些现在和他生活在一起的曾四处游历、历经挣扎的人相比显得很平凡，好像一眼可以看到尽头。拉莱经常会留意到一个女人，只有她自己。她似乎没有孩子，没有家人，没有人跟她有关系，也没有人关心她。很多时候，她只是另一位孩子众多的母亲的帮手。虽然拉莱已经了解罗姆人看起来都会比实际年龄老一些，但她看起来也有五十多岁了。

一天晚上，他们两个帮着哄孩子们睡觉，之后拉莱跟着她走到外面。

"谢谢你今晚来帮忙。"他先开口说。

她微微一笑，接着坐在一堆砖头上休息。"我还是个孩子的时候就已经开始哄别的孩子上床睡觉了。我闭着眼睛都能做到。"

拉莱坐在她身边。"我相信。但是这里似乎没有你的家人吧？"

她摇了摇头，面带悲伤。"我的丈夫和儿子都死于斑疹伤寒。现在只剩下我自己。我叫娜德雅。"

"对不起，娜德雅。我想听你聊聊他们。我叫拉莱。"

那天晚上，拉莱和娜德雅聊到深夜。拉莱一直在说，娜德雅似乎更愿意倾听。拉莱跟她讲斯洛伐克的家人和他对吉塔的爱。他了解到她其实只有四十一岁。她的儿子三年前离世的时候刚刚六岁，那之后两天，孩子的父亲也走了。拉莱向娜德雅询问意见的时候，拉莱发觉她的回答跟他母亲会给出的很相似。是这种感觉吸引着他靠近她吗？让他萌生要保护她的念头，就像保护吉塔那样。他发现自己内心涌出一股浓烈的思乡之情，不断拖拽着他。他按捺不住自己对未来的恐惧。他一直不敢去想关于他的家庭和他们的安全，不想让自己被可怕的想法吞噬，但这却也消耗着他的心神。如果他帮不到他们，那他会尽全力帮助他面前的这个女人。

几天后，他回到营房的时候，一个蹒跚学步的小男孩朝他走过来。拉莱一把把他抱进怀里。小男孩的体重和气味让他想起了一年多之前跟他道别的小侄子。拉莱压抑住了情感，把孩子放下来，马上回到屋里。这是第一次没有孩子跟着他，有种气氛告诉他们不要来打扰他。

拉莱躺在床上，回想起他和家人最后一次在一起的情形，还有他去布拉格之前在火车站的送别。他的母亲帮他收拾好行李箱。她抹眼泪的间隙，就会不断拿出他放进去的衣服，再放进一些书，因为它们代表着"家的舒适，提醒着他无论最后在哪里都要记得家"。

拉莱上火车之前，他们站在站台上，他第一次看到了父亲眼中的泪水。他曾想过家里其他人都会含泪送别，但从没想过他父亲也会这样，这可是他坚强、可靠的父亲啊！从车窗向外看，他看见他的哥哥和姐姐搀扶着父亲离开。他的母亲跟着车厢跑直到站台尽头，伸出双臂拼命想要抓住他的小儿子。他的两个小侄子浑然不知他们的世界已经变了，天真地在旁边跑来跑去，追着火车玩儿。

拉莱紧抓着他的行李箱，里面只有几件衣服和他允许母亲放进去的几本书，他头靠着车窗抽泣。他之前沉浸在家人的离情别绪之中，无法抽身安放他自己的心碎之情。

回过神来，拉莱自责让这回忆之中的情境再一次吞噬他，他站起来走到外面，跟孩子们追来赶去，让他们抓住他，爬到他身上。**可以挂在文身师身上，还要树做什么？**那天晚上，拉莱跟一群男人坐在外面。他们分享跟家人一起生活的回忆和故事，陶醉在他们文化之间的差异和相似之处当中。那天拉莱的兴致很高，他说："你们知道的，在另外一种生活里，我可能跟你们完全没有交集。如果见到你们朝我走过来，我大概会转身跑开，或者穿过马路去对面。"

拉莱说完这话之后出现了几分钟的沉默。然后一个男人说道："嘿，文身师，在另外一种生活里，我们也不会跟你产生什么交集。我们可能会先走过马路。"

他们哈哈大笑。一个女人从屋里出来告诉他们安静点——他们会吵醒孩子们，那样会有麻烦的。男人们适时地收敛便回屋休息了。拉莱多待了一会儿。他还没累到想睡觉。他感觉到了娜德雅的气息，转身便看到她站在门口。

"一起？"他说。

娜德雅坐在他身边，盯着夜色。他仔细研究她的脸部轮廓。她很漂亮。她棕色如瀑的头发从肩膀上垂下来，随着微风在她脸庞周围轻轻飘动。她时不时把它们别到耳后。这个姿势对他来说太熟悉了，他的母亲整天、每天都会做，总有不听话的头发从她梳好的圆发髻中逃出来，或者从她的头巾底下跑出来。娜德雅说话时的声音是他听过的最安静的。她不是在耳语——这就是她的声音。拉莱最后终于明白她声音中的什么特质让他感到悲伤。它没有感情。不管是讲述她和家人在一起的快乐时光还是这里的悲惨经历，她的语气都没有任何变化。

"你的名字有什么含义？"他问。

"希望。它的意思是希望。"娜德雅站起来。"晚安。"她说。

拉莱回过神来回应她之前，她就已经离开了。

第十一章
1943 年 5 月

　　拉莱和莱昂每天的生活仍然受到从欧洲各地运送来的人所支配。春去夏来，一切都没有停止的迹象。

　　今天，这两个人正在给一长队的女囚犯文号码。不远处是党卫队挑选人的地方。他们两个忙得焦头烂额也没注意那边。对着伸过来的胳膊和小纸条，他们做他们的工作，一个又一个。这些囚犯异乎寻常地安静，也许是因为她们感觉到了空气中弥漫的邪恶。拉莱突然听到有人吹口哨。这个旋律很熟悉，可能是歌剧中的一段。口哨声越来越近，拉莱向那个方向瞟了一眼。一个穿着白大褂的男人正走过来。拉莱低下头，试图继续保持他工作的节奏。**别看脸**。他拿起纸，文号码，就像他之前上千次做过的那样。

　　口哨声停了。医生此时就站在拉莱身边，周身散发出刺鼻的消毒水的味道。他倾身向前，检查拉莱的工作，抓过拉莱文了一半的胳膊来看。他一定觉得很满意，因为他很快就继续往前走了，就像来的时候那么迅速，边走边瞎吹另一个旋律。拉莱抬头看莱昂，他脸色苍白。巴雷茨基也突然出现在他们旁边。

"你觉得我们的新大夫怎么样？"

"他也没自我介绍吧。"拉莱喃喃说。

巴雷茨基笑着说："相信我，你是绝对不想认识这位大夫的。**我是**害怕他的。这家伙是个变态。"

"你知道他叫什么吗？"

"门格勒，约瑟夫·门格勒医生[1]。你应该记住这个名字，文身师。"

"他在挑选那边做什么了？"

"医生先生跟大家说他会经常来参加挑选，因为他正在寻找特殊的病人。"

"我觉得生病可不是他的标准。"

巴雷茨基笑弯了腰说："文身师，你有的时候还是很好笑的。"

拉莱回去继续工作。不久之后他听到口哨声在他身后响起，这声音所带来的不寒而栗的震惊击穿了拉莱的身体，他手一滑，刺伤了正在文号码的年轻女人。她大叫了一声。拉莱擦去顺着胳膊渗出的鲜血。门格勒走得更近了些。

"有什么问题吗，文身师？你是文身师，是不是？"门格勒问道。

他的声音让拉莱脊背发凉。

"先生，我是说，是的，先生……我是文身师，医生先生。"拉莱结结巴巴地回答。

门格勒正站在他身边盯着他，他的眼睛像煤炭一样漆黑，没有一丝怜悯。他脸上浮现出一个奇怪的笑。然后走开了。

---

1. 约瑟夫·门格勒（Josef Mengele），人称"死亡天使"，奥斯维辛集中营的"医师"和研究人员，在集中营中进行毫无人道的活人实验。

巴雷茨基靠过来，狠狠捶了一下拉莱的胳膊。"今天不容易啊，文身师？或许你想休息一下去打扫厕所？"

那天晚上，拉莱想用水坑里的水洗掉衬衫上干了的血迹。痕迹淡了一些，但是他随后决定留下这个污点，它会是一个很好的提醒，提醒这一天他遇到了门格勒。虽然是医生，但拉莱怀疑他造成的痛苦会比缓解的更多，他的存在就是一种威胁，拉莱并不愿意去细想。是的，这是一个必须留下的污点，提醒拉莱，他的生活中出现了新的危险。他必须时刻警惕这个灵魂冷冽更甚于冰冷手术刀的男人。

第二天，拉莱和莱昂再次出现在奥斯维辛给女犯们文身。吹口哨的医生也在场。他站在女孩子的队伍前面，轻轻摆手决定着她们的命运：右边，左边，右边，右边，左边，左边。拉莱从决策的过程中看不出任何逻辑。她们都正当华年，也很健康。拉莱看到门格勒正看着他，门格勒知道拉莱也在看着自己。拉莱移不开目光，他看着门格勒用他的大手抓住下一个女孩的脸，上下前后扭过来扭过去，然后张开她的嘴。他伸手就是一巴掌，把她推到左边去。不合格。拉莱盯着他。门格勒叫来党卫队军官，跟他说了几句话。军官盯着拉莱，朝他的方向走过来。**妈的**。

"你想怎样？"他问出来的语气比他实际上显得更自信。

"闭嘴，文身师。"党卫队军官对莱昂说："放下你的东西，跟我来。"

"等一下——你不能带走他。你没看到还有这么多人等着文号码呢吗？"拉莱问，他现在站在他小助手的立场上感到很害怕。

"那你最好继续干你的活儿，不然你就熬夜吧，文身师。医生先生可不会喜欢那样的。"

"放了他，求你了。让我们继续干活儿吧。如果我做了什么惹医生先生不高兴了，我很抱歉。"拉莱说。

那个军官提着枪指着拉莱问："你也想一起走吗，文身师?"

莱昂说："我跟他走。没事的，拉莱。我会尽快回来的。"

"对不起，莱昂。"拉莱不敢看他的朋友。

"没关系。我会没事的。快回去干活。"

莱昂就这样被带走了。

那天晚上，拉莱十分不安，独自跋涉，耷拉着头走回比克瑙。和周围格格不入的一缕颜色引起了拉莱的注意。一朵花，一朵独自盛开的花在微风中轻舞。血红色的花瓣包裹着墨黑的花心。他想找找是否还有，但是没找到。尽管如此，这是一朵花。他又在想下一次送花给他在意的人是什么时候。吉塔和他母亲的样子浮现在他眼前，这两个他最爱的女人，她们的样子慢慢消散，无法碰触。悲伤席卷而来，似乎要淹没吞噬他。**她们两个人有可能相见吗? 年轻的会向年长的学习吗? 母亲会像我一样欢迎和爱护吉塔吗?**

他在他母亲身上学会和施展调情的艺术。虽然他很确定母亲没有意识到他在做什么，但他知道；他知道他在做什么；他了解到什么对她起作用，什么没作用，他也很快学会了男人和女人之间什么行为恰当，什么不恰当。他怀疑所有年轻男人都在他们母亲那里得到启蒙，尽管拉莱经常觉得他们并没有意识到这一点。拉莱曾经和几个朋友提过这个问题，他们的反应都很震惊，声称他们没做过这样的事情。当他进一步问他们，是不是能更经常从母亲而不是父亲手里侥幸逃脱免于受罚，他们都承认那些行为可以被解释成调情——他们之前以为他们有办法应付母亲是因为母亲比父亲更容易相处。拉莱很确切地知道他都在做什么。

拉莱和他母亲的情感关系塑造了他和女孩们和女人们的相处方式。他对所有女人都感兴趣，不仅仅是身体上的，更是情感上的。拉莱喜欢和她们说话；他喜欢让她们感觉到她们自己很不错。对他来说，所有女人都是美丽的，他相信告诉她们这一点并没有什么害处。他的母亲和姐姐潜移默化地教育他，什么才是一个女人从一个男人身上想要得到的东西，迄今为止，他这一辈子都在努力做到不辜负这些教导。"细心点，拉莱，记住小的细节，大的问题就会迎刃而解。"他听到耳畔传来母亲甜美的声音。

　　他躬身轻轻摘下这朵小花。明天他要想个办法把它送给吉塔。拉莱回到他的房间，小心翼翼地将这朵珍贵的花放在他的床边，之后便沉沉地睡了过去，今夜无梦。但是第二天早上他醒来的时候，花朵上的花瓣散落开来，蜷缩在黑色花心的周围。**这个地方剩下的，果然只有死亡。**

第十二章

拉莱再也不想看见这朵花了，他起身离开营房把它丢掉。巴雷茨基在外边，但是拉莱不想理他，他更想回头进房间。巴雷茨基跟在他身后，靠在门口。他观察拉莱这副沮丧的样子。拉莱意识到自己坐在鼓鼓囊囊的床垫上，下面可都是宝石、货币、香肠和巧克力。他抓起他的包，推开巴雷茨基，让他转身跟他去外面。

"等一下，文身师。我有话要跟你说。"

拉莱停了下来。

"我要请你帮个忙。"

拉莱没说话，双眼直直盯着巴雷茨基肩后某个地方。

"我们——我指的是我的同事和我——很想要找些乐子，正好天气也越来越好了，我们想着来一场足球比赛。你觉得怎么样?"

"我相信对你们来说一定很有趣。"

"确实是的。"

巴雷茨基规规矩矩地等在那里。

拉莱最终眨了眨眼。"我怎么帮你?"

"好,既然你问了,文身师,我们想让你找 11 名囚犯组个队,跟党卫队来一场友谊赛。"

拉莱差点笑了出来,但还是盯着巴雷茨基肩膀后的地方。他想了很久,仔细想着怎么回应这个奇怪的请求。

"什么? 没有替补?"

"没有替补。"

"**好啊,为什么不呢?**"这句话是从哪儿冒出来的? 拉莱想到自己能说的简直太多了。比如,"滚开"。

"很好,非常好。组好你的队伍,我们两天后 —— 星期天在大院见。哦对了,我们会带球的。"巴雷茨基大笑着走开了,"还有,文身师,你可以休息一天。今天没人来。"

拉莱花了些时间把他的"珍宝"分成小捆。给罗姆人,第七营房的小伙子们,当然还有吉塔和她朋友们的食物。宝石和货币也分门别类放好。这个过程简直像做梦一样。钻石和钻石、红宝石和红宝石、美元和美元,甚至还有一些他从来没见过的钱币,上面印着"南非储备银行"和"南非荷兰语"。他根本不知道它价值几何,也不知道它是怎么出现在比克瑙的。他拿了几颗宝石去找维克多和尤里换今天的东西。接着,他和营房的男孩子们玩了一会儿,顺便组织组织语言,想着他要跟即将下工的第七营房的男人们说些什么。

晚上,拉莱被十几个满脸狐疑的男人围在中间。

"你他妈不是在开玩笑吧。"其中一个人说。

"不是。"拉莱回答道。

"你想让我们和该死的党卫队踢球?"

"是的。这个星期天。"

"好，我不会做的。你不能让我这样做。"那个人继续说。

这群人后面有个声音说："我上。我会踢一点。"一个身材矮小的男人从聚堆的人群中挤过来，他站在拉莱面前说："我是乔尔。"

"谢谢，乔尔。欢迎入队。我还需要九个人。我们能输掉什么呢？这是你们能跟那些混蛋有点肢体冲突却不会挨罚的唯一机会。"

"我认识第十五营房的一个家伙，他之前是匈牙利国家队的。如果你觉得行，我会问问他。"另一个囚犯说。

"那你呢？"拉莱问。

"没问题。我也叫乔尔。我再去问问，看看还有谁能参加。我们星期天之前有机会练习一下吗？"

"会踢足球还很幽默——我喜欢这家伙。明晚我再过来，看你们情况怎样。谢谢，大乔尔。"拉莱又看了看另一个乔尔说，"没有冒犯你的意思。"

"我知道。"小乔尔回答道。

拉莱从包里拿出面包和香肠，放在旁边的床铺上。他离开的时候看见两个男人正分享那些食物。每个人都只咬一口，然后递给其他人。没有推搡，没有争吵，只有有序地分食这些能救命的食物。他无意中听到一个男人说："给你，大乔尔，你吃我的——你需要能量。"拉莱笑了。这是开头很糟但是结尾很温暖的一天——挨饿的人却还保持着慷慨的姿态。

比赛的日子如期到来。拉莱走进大院，看见党卫队正在画白线，那形状简直不像个椭圆形。他听到有人叫他，发现他的"队伍"已经集结在一起了，便走过去和他们会合。

"嗨，拉莱，我找来了14个人，算上你和我——还多叫了两个人当替补，万一有人摔倒他们可以上。"大乔尔骄傲地跟他说。

"对不起，他们告诉我不能有替补。只有一个队伍。挑最合适的上吧。"

大家互相看了看。有三个人举起了手自愿不参加这场比赛，便走到一旁。拉莱看见好几个男人在做很专业的拉伸和跳跃。

"我们这里有些人看起来很清楚该做什么。"拉莱跟小乔尔嘀咕。

"理所当然啊。他们中间有六个人都是半职业的。"

"开玩笑呢吧。"

"没啊。我们要好好教训他们一下。"

"小乔尔，你们不能。我们不能赢。我猜是我没说清楚。"

"你说组个队，我做到了啊。"

"没错，但我们不能赢。我们不能做任何让他们下不来台的事儿。我们不能惹怒他们，那样他们会朝我们所有人开火的。看看你周围吧。"

小乔尔看到数百个囚犯聚在四周。营地里充满着兴奋的气氛，他们推来推去争着站在画出来的区域周围的最佳观赛位。他叹了口气："我会跟大家说的。"

拉莱扫视周围的人群，只为寻找一个人。吉塔和她的朋友们站在一起，偷偷向他挥手。他也朝她挥手，心里急切地想跑到她身边，双手抱起她消失在行政楼后面。拉莱听到很大声的敲打，转身看到几个党卫队正在把杆子敲进土里，当成两端的球门柱。

巴雷茨基走近他说："跟我来。"

在球场的一边，囚犯群中分出一条路，党卫队的队伍进场。他们都没穿制服。几个还穿着更适合踢比赛的衣服——短裤和单衣。队伍后面是看守们严密簇拥而来的指挥官施瓦茨休伯和拉莱的上级霍斯特克。他们朝拉莱和巴雷茨基走过来。

"这是犯人队队长，文身师。"巴雷茨基向施瓦茨休伯介绍拉莱。

"文身师。"他转向一个他的警卫："我们赢了会得到什么吗？"

一个高级军官从旁边士兵那里拿过来一个运动奖杯递给他的指挥官。

"我们有这个。"他端着奖杯说。

施瓦茨休伯拿过奖杯，高高举起它让大家看到。党卫队欢呼。"开始比赛吧，希望最好的队伍能赢。"

拉莱小跑回他的队伍，喃喃说："希望最好的队伍能活着看到明天的日出。"

拉莱归队和大家聚在场地中间。观众们都在欢呼呐喊。裁判将球踢向党卫队，比赛开始了。

比赛开始十分钟，囚犯队二比〇领先。拉莱享受着进球的愉悦，但当他看见党卫队的脸上都是一片怒容，理智让他冷静下来。他悄悄告诉他的队友们接下来要放慢速度。他们已经收获了喜悦的荣光，现在要让党卫队显摆自己了。上半场结束的时候是二比二平局。中场休息的时候党卫队队员们补充水分，拉莱和他的队伍聚在一起讨论战术。最后，拉莱再三强调，他们不能赢得这场比赛。大家达成一致，为了鼓舞观众中囚犯们的士气，他们还可以再进两球，只要他们最后输一球就可以了。

随着下半场开始，四周尘土飞扬，落得球员和观众满身都是。焚尸炉还在工作，比克瑙的这项核心任务并不会被运动打断。囚犯队再进一球，党卫队紧随其后。他们严重的饮食不足开始让他们露出疲态。党卫队又进两球。囚犯队不需要故意输球，他们根本没办法再比下去。党卫队最终赢了两球，裁判吹响口哨宣布比赛结束。施瓦茨休伯走进场地，将奖杯颁给党卫队队长。他向在场的看守和官员高高举起奖杯。接着，党卫队队员们走回他们的军营庆祝今天的胜利，霍斯特克从拉莱身边走过。

"玩得很不错，文身师。"

拉莱把队友聚在一起，告诉他们做得很棒。人群开始散去。他环顾四周想要找到吉塔，发现她没动地方。他小跑到她身前，牵过她的手。他们跟其他囚犯们一起走向行政区。吉塔坐在楼后的地面上，拉莱小心查探了周围。他十分满足地坐在她身边，看着吉塔拨弄着地上的小草，认真地观察它。

"你在做什么？"

"在找四叶草。这里有好多，你绝对想不到。"

拉莱开心地笑了笑。"你在逗我吧。"

"不是啊，我已经找到了几片。伊凡娜总能找得到。你看起来很惊讶。"

"确实是。你是那个不相信自己会从这里离开的女孩子，但现在你却在这里找好运气。"

"我找它们不是为了自己。我确实不相信这些东西。"

"那是为了谁？"

"你知道党卫队有多迷信吗？如果我们找到四叶草好好收着。它们对我们来说就像是钱。"

"我不明白。"

"每当我们有危险的时候，我们就把它交给党卫队，有时候这会阻止他们打我们。如果吃饭的时候我们带上一个，甚至可能拿到额外的口粮。"

拉莱轻轻抚摸她的脸。他无法保护他爱的女孩子，这让他十分痛苦。吉塔向后倾身，继续找四叶草。她抓了一把草笑着扔给拉莱。拉莱也笑了。他开玩笑地推倒她。她躺在地上，拉莱靠着她，采了一小把草，轻轻撒在她脸上。她吹走它。另一把草落在她的脖子和胸上。她任它们留在那里。他解开她衬衫最上面的扣子，撒下更多草，看它们顺着乳沟消失。

"我可以吻你吗?"他问。

"你为什么会这样想?我都不知道多久没刷牙了。"

"我也是,所以我猜我们这样谁也不欠谁的。"

吉塔抬起头。这就是她的回应。他们之前蜻蜓点水般的亲吻点燃了一整年的渴望。他们互相探索着对方,压抑着的激情相互碰撞。他们从彼此身上想要,也需要更多。

附近的狗吠声打断了这一刻。他们知道跟着狗一道而来的肯定还有人。拉莱站起来把吉塔拉进怀里,最后亲吻她的嘴唇。然后他们就跑回安全的大院,融进人群之中。

到了女子营地,他们看到了丹娜、伊凡娜和希尔卡,便朝她们走过去。

拉莱注意到希尔卡面色苍白。"希尔卡还好吗?"拉莱问道,"她看起来不太对。"

"在这样的情况下,这已经是她最好的状态了。"

"她生病了吗?你们需要药吗?"

"不,她没生病。你还是不要知道比较好。"

他们走近女孩子们,拉莱贴在吉塔耳旁低声说:"告诉我吧。或许我能帮上忙。"

"这次不行,我的爱人。"她们围住吉塔,便走开了。希尔卡低着头跟在后面。

我的爱人!

第十三章

那天晚上，拉莱躺在他的床上，这是他能想到的最快乐的时刻。

吉塔躺在自己的床上，蜷缩在熟睡的丹娜身边，她睁大眼睛盯着黑暗，重温她和拉莱共处的时刻：他的吻，来自她身体的渴望，渴望他继续，更进一步。她的脑海里上演着下一次相聚，这让她脸颊发热。

在一张宽敞的四柱床上，施瓦茨休伯和希尔卡躺在彼此的怀里。他的双手抚摸着她的身体，而她双目无光，毫无反应。她已经麻木了。

奥斯维辛的私人餐厅里，霍斯独自坐在一张优雅的餐桌前。精致的瓷器上盛放着精美的食物。他开了瓶1932年的拉图倒进水晶高脚杯里。他轻晃酒杯，细嗅浓香，品尝这杯红酒。他绝不会让工作压力和紧绷的神经影响生活里该享受的奢侈。

喝醉酒的巴雷茨基跌撞进奥斯维辛军营里他的房间。他踢上门，踉踉跄跄跌到他的床上。他费力地摘下套着手枪的带子，把它挂在床边。巴雷茨基四仰八叉地躺在他的床上，他发现头顶的灯还在亮着，闪着的光刺进他的眼睛。他试着起身，但没做到。他手臂僵硬地四下摸索着，终于找到他的武器，他把枪从枪套里拽了出来，扣动扳机，第二枪射中了始终亮着的灯泡。他的枪从手中滑落到地上，巴雷茨基也昏睡了过去。

第二天早上，拉莱在办公室从贝拉那里接过供给和指令的时候冲吉塔眨了眨眼。但当他看到吉塔身边坐着的希尔卡时，他的笑容消失了。她低着头，再一次没跟他打招呼。**这种状况持续太久了**。他决定逼着吉塔告诉他希尔卡出了什么事。一出门他就遇到了巴雷茨基，他还没醒酒，气冲冲的。

"快点儿。车在等着拉我们去奥斯维辛呢。"

拉莱跟着他走到卡车跟前。巴雷茨基爬进驾驶室关上了门。拉莱知道这是让他去后面坐，他就爬了上去。一路颠簸，他就这样忍到了奥斯维辛。

到了奥斯维辛，巴雷茨基告诉拉莱他要去躺一会儿，让他自己去第十营房。他一到地方，就被前面的党卫队军官带去了营地的后方。拉莱注意到这里的构造和比克瑙的营房不太一样。

转过墙角他第一眼看到的是围住一部分后院的铁丝栅栏。然后他发现围起来的区域里有些动静。他拖着步子往前走，看到栅栏后的景象就震惊地呆立在原地：有几十个女孩子，一丝不挂——很多躺在那里，有些坐着，还有些站着，但几乎没人动弹。拉莱茫然不知所措，他看着一个警卫走进这片圈出来的地方，在女孩子中间走来走去，拎起她们的左胳膊找一个号码，而这个号码有可能正是出自拉莱之手。警卫找到了想要的女孩子，就把她从人群中拖了出去。拉莱看着女孩子们的脸。空洞。无声。他注意到有几个正倾靠在铁丝网上。这里的铁丝网不同于奥斯维辛和比克瑙的，这个没通电。她们连自杀的权利都被剥夺了。

"你是谁？"他身后响起一句问话。

拉莱转过身。一个党卫队军官从后门出来。拉莱慢慢拿起他的包。

"文身师。"

"那你站在外面是做什么？进来。"

他走进一个大房间，朝一张桌子走过去，一两个身穿白大褂的医生和护士淡淡地跟他打了招呼。这里的囚犯看起来不像人。更像是被木偶操纵者遗弃的木偶。他靠近坐在桌子后面的护士，举起他的包。

"文身师。"

她厌恶地看着拉莱，哼了一声，随即起身带路。他跟在她身后。她带拉莱走过一条长长的走廊进了一个大房间。大约有50个年轻的女孩子站成一排。静默无声。这个房间闻起来有一股酸味。在队伍的前面，门格勒正在检查其中一个女孩子，他粗鲁地张开她的嘴，紧捏她的屁股，然后是她的胸脯。眼泪从她的脸上滑下来。他检查完毕，挥挥手让她去左边。不合格。另一个女孩被推搡到了她空出来的地方。

护士把拉莱带到门格勒面前，他暂停了检查。

"你迟到了。"门格勒得意地笑着说，显然很享受拉莱的不安。他指着站在他左边的一小群女孩。

"这些是我要留下的。给她们文号码。"

拉莱准备走开。

"早晚有一天，文身师，我会把你带来的。"

拉莱转过头看，就是那样。那绷紧的嘴唇让他的微笑看上去令人作呕。寒意再次蔓延拉莱整个身体。他双手颤抖。拉莱加快脚步，匆匆走向那张小桌子，另一名护士坐在那里，已经准备好了身份证件。她给拉莱腾地方让他做准备。拉莱尽量控制不让自己颤抖，排放好他的工具和墨水瓶。他朝门格勒看过去，他面前是另一个担惊受怕的女孩，他的手在她的发丝中滑过，而后又摸了摸她的胸脯。

"别害怕，我不会伤害你的。"拉莱听到门格勒对她说。

拉莱看着女孩惊恐万状，浑身战栗。

"好了，好了。你是安全的，这里是医院。我们会照顾好这里的人。"

门格勒转身对近处的一个护士说："给这个年轻漂亮的小东西找块毛毯。"

他又回身对这个女孩说："我会好好照顾你的。"

女孩被送来拉莱这里。拉莱低着头，协助他的护士给他看号码，他准备开始自己的工作。

工作完成之后，拉莱离开了这栋楼，又看了看被栅栏围住的区域。那里空无一人。他屈膝跪倒在地开始干呕。他肚子空空的什么都吐不出来，他身体里还能流动的就只有眼泪。

那天晚上，吉塔回到营房，听说新来了几个人。已经住在这儿很久的人看着新来的都很不满。她们不想跟新来的讲等待着她们的是怎样的恐怖，也不想跟她们分享限量的供给。

"吉塔。是你吗，吉塔?"一个虚弱的声音叫了出来。

吉塔靠近这群女人，她们大多数看起来年龄都比较大。年纪大的女人在比克瑙很少见，毕竟这里需要年轻人来干活。一个女人走上前来，伸出她的双手。"吉塔，是我，你的邻居希尔达·戈德斯坦。"

吉塔盯着看，突然意识到她是她以前在家乡托普拉河畔弗拉诺夫时候的邻居，她比吉塔上一次见到她的时候更加苍白消瘦了。

107

回忆向吉塔袭来，过去的气味、感知和瞬间：熟悉的门口、鸡汤的鲜香、厨房水槽旁开裂的肥皂、温暖夏夜里的欢声笑语和母亲的怀抱。

"戈德斯坦夫人……"吉塔走近，紧紧抓住那女人的手，"他们把你也抓来了。"

女人点点头："大概在一星期前他们把我们都带走了。我和其他人分开了，我被丢上了火车。"

吉塔好像抓住了一点希望："那我的父母和姐妹跟你一起吗?"

"没有，他们几个月前就被带走了。你父母和你的姐妹。你的兄弟们已经离家很久了，听你母亲说他们参加了抵抗运动。"

"那你知道他们被带去哪儿了吗?"

戈德斯坦夫人低下头："对不起，我们听说他们……他们……"

吉塔瘫倒在地，丹娜和伊凡娜赶快跑到她身边，坐在地上拥抱她。戈德斯坦夫人站在原地，还在不停说着："对不起，对不起。"丹娜和伊凡娜都哭成一团，抱着已经哭干眼泪的吉塔，不住地安慰着她。走了。现在再也没有任何回忆了。她感到身体里有种可怖的空虚。她转向她的朋友们，话里带着迟疑和心碎问道："我或许是可以哭的吧，你们觉得呢? 就一会儿?"

"你想让我们陪你一起祷告吗?"丹娜问。

"不，就几滴眼泪。这些杀人犯只能从我这里得到这些。"

伊凡娜和丹娜用袖子擦了擦她们脸上的眼泪，而无声的泪水也从吉塔的脸上滑落。她们轮流擦掉眼泪。吉塔感到一股不知道哪里来的力量，她站起身拥抱戈德斯坦夫人。她能感受到来自身边目睹了她这一悲伤时刻的人们赞许的目光。她们默默看着，每个人都将要走进自己的绝望黑暗之地，不知道自己的家庭已经变得多么面目全非。慢慢地，这两伙女人——住了很久的和新来的——融在了一起。

晚饭过后，吉塔和戈德斯坦夫人坐在一起，听她讲家里面最近发生的事：一个个家庭是怎样慢慢被拆得分崩离析的。故事就这样发展到了集中营。她们不知道的是，她们已经成为死亡流水线上的产品。但她们知道，人是回不来的。只有少数人背井离乡，期盼在邻国能寻找一个安全的避风港。吉塔很清楚，戈德斯坦夫人如果变成了这里的劳动力，那她是活不长的。她比自己年长太多——身心已经破碎不堪了。

　　第二天早上，吉塔去找她的卡波帮忙。她会让拉莱尽量满足卡波的一切要求，只为了让戈德斯坦夫人免于苦役，白天能待在营房里。她建议让戈德斯坦夫人每晚倒便桶，这个活儿通常是卡波每天指派她认为在背后说她坏话的人去做的。卡波的开价是一枚钻石戒指。她听信了拉莱有珠宝箱的传闻。交易就这样达成了。

　　接下来的几个星期，拉莱每天都要去奥斯维辛。五个焚尸炉都在满负荷工作，但还是有一大批囚犯需要文身。他在奥斯维辛的行政楼领取指令和供给。他没有时间也没有必要去比克瑙的行政楼，所以他也没有机会见到吉塔。拉莱想告诉她他是安全的。

　　巴雷茨基的心情不错，可以说是很快活——他有个秘密，想让拉莱猜猜是什么。拉莱配合他，像小孩子一样开玩笑。

　　"你们要放我们所有人回家？"

　　巴雷茨基大笑着朝拉莱的胳膊打了一拳。

　　"你升职了？"

　　"你最好别那么想，文身师。别人可没有我这么好说话，那样你的好日子就到头了。"

　　"好吧，我不猜了。"

　　"我告诉你吧。下星期有几天你们都会得到额外的口粮和毛毯。红十字会要来视察你们的度假营。"

拉莱认真思考了一下。**这意味着什么？外界终于能知道这里发生什么了？**他努力在巴雷茨基面前隐藏自己的情绪。

"那太好了。你觉得这个营地能通过监禁的人道主义测试?"

拉莱能感觉到巴雷茨基的脑袋在缓慢运转，简直能听到咔嗒咔嗒的声响。他觉得巴雷茨基缺乏理解力的样子很有趣，虽然他也不敢笑出来。

"他们在的时候你们会有好吃的——好吧，是我们让他们看到的那些人。"

"所以这次探访是受限制的?"

"你以为我们傻啊?"巴雷茨基大笑。

拉莱不再追问那个问题。

"我能请你帮个忙吗?"

"你说说看。"巴雷茨基说。

"如果我给吉塔写张纸条，告诉她我很好，就是在奥斯维辛很忙，你能带给她吗?"

"我能做得更好。我会亲自告诉她的。"

"谢谢你。"

虽然拉莱和一群被挑选出来的囚犯们的确在几天里得到了额外的口粮，但是很快就没有了，这让拉莱怀疑红十字会是不是真的进到了营地里。巴雷茨基完全能编造出整个故事来。拉莱不得不相信他会把消息传给吉塔——尽管他不相信巴雷茨基会亲自告诉她。他能做的只是等待，希望没有工作的星期天能早点到来。

这一天终于到了，拉莱提早完成了工作。他奔跑穿过营地，在工人们离开的时候赶到了比克瑙的行政楼。他万分焦急地等待着。为什么她今天出来得这么晚? 最后她出现了。拉莱的心脏快要跳了出来。他不想浪费哪怕一分一秒，抓起她的胳膊带她到了楼后面。拉莱把她推靠在墙上，感觉她浑身颤抖着。

"我以为你已经死了。我以为我再也见不到你了。我……"她泣不成声地说。

他抚摸着她的脸颊问："我让巴雷茨基告诉你的，你没收到消息？"

"没有。我没得到任何人的消息。"

"嘘，没关系。"他说，"我这几个星期每天都在奥斯维辛。"

"我害怕极了。"

"我知道。但现在我在这儿。我还有事要跟你说。"

"什么？"

"先让我吻吻你。"

他们忘情地亲吻，紧紧抓着彼此，热烈地拥抱着对方，直到她推开他。

"你想要说什么？"

"我美丽的吉塔。我被你迷住了。我爱上你了。"

这些话像是他等了一辈子终于找到机会说出来的一样。

"为什么？你为什么说这些？看看我。我很丑，我还很脏。我的头发……我以前的头发很美。"

"我爱你现在头发的样子，以后它变成什么样子我都爱。"

"但是我们没有未来。"

拉莱双手紧紧抱住她的腰，让她看着他的眼睛。

"不，我们有。我们会有明天。我到这儿的那天晚上我就向自己发誓，我会在这个地狱里活下来。我们都会活下来，我们会有自己的生活，想亲吻的时候随时亲吻，想做爱的时候随时做爱。"

吉塔双颊泛起红晕，转头不看他。他轻轻地转过她的脸，重新对着他。

"只要我们想，随时随地都可以做爱。你听到了吗？"

吉塔点点头。

"你相信我吗?"

"我想相信，但是——"

"没有但是。只要相信我。现在，你最好回到你的营房，免得你的卡波有所怀疑。"

拉莱正要走开，吉塔拉回他，用力地亲吻他。

他离开她的嘴唇，说:"或许我应该经常离开。"

"你敢。"她边说边捶了捶他的胸口。

那晚，伊凡娜和丹娜接二连三地追问吉塔，看到她们的朋友又有了笑容，她们都松了口气。

"你告诉他你家里的事了吗?"丹娜说。

"没。"

"为什么不呢?"

"我不能。聊这件事对我来说太痛苦了……而且他见到我很开心。"

"吉塔，如果他像他说的那么爱你，他会想要知道你已经失去了家人。他会想要安慰你。"

"或许你说得对，丹娜，但是如果我告诉他了，我们就都会很难过，我想我们在一起的时候有所不同。我想要忘记我在哪，也想忘了我家里都发生了什么。每当他抱着我的时候，我确实会忘却其他，即便是短短几刻。我想要短暂地逃避现实，这样是不是不对?"

"不，一点都不。"

"我想逃避，对不起，我的拉莱。你们知道，我也满心觉得对不起你们两个。"

"你能拥有他，我们都很开心。"伊凡娜说。

"我们中有一个人能感到一点幸福就足够了。我们都感受得到，这是你让我们感到的——对我们来说足够了。"丹娜说。

"只是别对我们保守秘密，好吗?"伊凡娜说。

"没有秘密。"吉塔说。

"没有秘密。"丹娜也应道。

第十四章

　　第二天一早拉莱来到行政办公室，朝总办公台的贝拉走过去。

　　"拉莱，你之前去哪儿了？"贝拉脸上挂着暖暖的微笑问道，"我们还以为你出什么事了呢。"

　　"我在奥斯维辛。"

　　"啊，那不用多说了。你一定没剩什么供给了——在这儿等一下，我给你备一些。"

　　"不用太多，贝拉。"

　　贝拉看了看吉塔："那是当然，我们还要确保你明天还会再来。"

　　"你太了解我了，小贝拉。谢谢你。"

　　贝拉起身离开去拿他的供给。拉莱斜靠在桌子边盯着吉塔。他知道他进来的时候她看见了，但是她假装害羞，一直低着头。她的一只手指滑过嘴唇。这让拉莱欲火焚身。

　　他还留意到吉塔旁边希尔卡的座位是空着的。他再一次意识

114

到自己一定要弄清楚她遇到了什么事。

他注意到一辆装着新囚犯的卡车已经到了，所以他离开办公室后就前往挑选区。他正摆桌子的时候，巴雷茨基走了过来。

"有人想见你，文身师。"

还没等拉莱抬头看，他就听到了一个声音，不过一声低语，却很是熟悉。

"拉莱，你好。"

莱昂站在巴雷茨基身边——他面色苍白，比之前更加瘦弱，弯腰驼背，小心翼翼地一步步往前挪。

"我让你们叙叙旧。"说着巴雷茨基就笑着走开了。

"莱昂，天哪，你还活着。"拉莱冲过去抱住他。透过他朋友的衬衫，他能感受到他的每一根骨头。他又伸直胳膊，仔细检查莱昂哪里出了问题。

"门格勒，是不是门格勒？"莱昂只能点头。拉莱轻轻抚过莱昂瘦骨嶙峋的胳膊，又摸了摸他的脸。

"混蛋，早晚有一天他会遭报应的。等我把这里的活儿都做完，我就去给你拿吃的，足够你吃的。巧克力、香肠，你想吃什么？我要让你胖回来。"

莱昂朝他虚弱地笑了笑道："拉莱，谢谢你。"

"我知道那个混蛋不给囚犯吃饭。我以为他只对女孩这么做。"

"如果他只做这个就好了。"

"什么意思？"

莱昂直视着拉莱的眼睛说："他割了我的蛋，拉莱。"他说，声音坚强而沉着，"不知道为什么，他们割了你的蛋之后，你就不再有食欲了。"

拉莱踉跄后退，震惊万分，他转过身去不想让莱昂看见他的惊恐。莱昂双眼盯着地面，想找到什么东西盯着看，这样才能强

115

忍住哽咽，挣扎着让自己能开口讲话。

"对不起，我不该那样说的。谢谢你的帮助。我很感激你。"

拉莱深呼吸，想要抑制住自己的满腔怒火。他很想爆发，想报复施加在他朋友身上的罪行。

莱昂清清嗓子："我能重新做我的工作吗？"

拉莱的脸上充满暖意："当然。你能回来我很高兴——但是要等到你恢复力气再说。"他说，"你回我的房间吧！如果有吉卜赛人拦着你，告诉他们你是我的朋友，是我让你过去的。你在床垫下能找到食物。我完成这里的工作之后就回去找你。"

一个党卫队高级军官正朝他们走过来。

"快点儿走。"

"快点儿可不是我现在能做到的事。"

"对不起。"

"没事。我走了。晚些见。"

那个军官看见莱昂离开，也转身回去做他之前的事：决定谁生谁死。

第二天，拉莱到行政办公室报到，得知他可以休息一天。奥斯维辛和比克瑙都没有新囚犯到来，医生先生也没要求拉莱去协助他。拉莱一上午都和莱昂在一起，他贿赂了第七营房的卡波，请他接纳莱昂，这样他恢复体力之后就可以帮他干活。他把本来准备分给罗姆朋友和吉塔的食物都给了莱昂。

拉莱正要离开莱昂，就听到巴雷茨基大声叫他："文身师，你去哪儿了？我一直在找你。"

"他们告诉我今天休息。"

"嗯，但现在不是了。来吧，我们有个活儿。"

"那我得去拿包。"

"这个用不上你的工具。走吧。"

拉莱紧跟在巴雷茨基身后。他们正走向其中一个焚尸炉。

他追上巴雷茨基："我们这是去哪里？"

"你害怕了？"巴雷茨基笑着说。

"你不会吗？"

"不会。"

拉莱胸口发紧，呼吸急促。他应不应该逃跑？如果他跑了，巴雷茨基一定会拿出枪指着他的。但是这又有什么关系呢？子弹总比火炉要好。

他们已经快走到三号焚尸炉了，巴雷茨基放慢了脚步好让拉莱从痛苦的煎熬中缓过来。

"别担心。在我们还没惹到麻烦被扔进火炉之前，就快点走吧。"

"你不是要杀了我吧？"

"还不想。这里有两个囚犯，他们身上的号码是一样的。我们需要你看一下。一定是你或者是你那个小太监文的号码。你要告诉我们哪一个是真的。"

红砖大楼隐约出现在他们面前，巨大的窗户掩盖了这里真实的用处，但是烟囱的尺寸让恐怖的真相昭然若揭。他们在进门的地方遇到两个党卫队士兵，他们和巴雷茨基打趣，并没理睬拉莱。他们指了指楼里面关着的门，巴雷茨基和拉莱就朝它们走过去。拉莱环顾四周，这里是比克瑙死亡之路的最后一段。他看到特遣队队员[1]站在一边，他们内心已经崩溃，准备好了去做世界上没有人愿意做的工作：把毒气室里的尸体抬出来再丢进火炉里。拉莱想要看看他们的眼睛，想让他们知道自己也是为敌人工作的。拉

---

1. 特遣队（the Sonderkommandos）是党卫军在集中营内部设立的由犹太囚犯组成的队伍，他们将自己的同胞送进毒气室。党卫军每隔一段时间会杀掉并更换一批特遣队队员以隐藏焚尸炉的真相。

莱也选择了尽可能活得更久一些，尽管需要做出玷污和他有同样信仰的同胞的事情。但没人看他的眼睛。他听过其他囚犯是怎么说这些人的，也知道他们的特权——拥有单独的住宿、额外的口粮、温暖的衣服和睡觉时垫的毯子。他们的生活和自己的相仿，拉莱想到自己在集中营里扮演的角色也是被鄙视的，这让他的心沉到底。他无法用任何方式表达和这些人立场一致的想法，只能继续往前走。

他们被带到一扇巨大的钢门前，前面站着一个警卫。

"没事的，所有的毒气都放干净了。我们要把他们送去火炉，但在这之前，你们要辨认出对的号码。"

警卫给拉莱和巴雷茨基打开门。拉莱站直身体，看着巴雷茨基，伸出手从左摆向右。

"你先请。"

巴雷茨基大笑，拍了拍拉莱的背说："不，你先请。"

"不，你先请。"拉莱重复道。

"文身师，我坚持要你先。"

党卫队士兵把门敞开，他们就踏进了一个洞穴般幽深的房间，里面全是尸体，数百具赤裸的尸体堆满了整个房间。他们彼此堆在一起，四肢扭曲得不成样子。死鱼一样的眼睛直勾勾地睁着。年轻和年老的男人；孩子们在最下面。血、呕吐物、尿液和粪便。死亡的气味弥漫着整个屋子。拉莱试着屏住呼吸。他的肺部像是在灼烧。他的双腿也似乎想要跪倒在地。巴雷茨基在他身后说："该死的。"

这个词从虐待狂的口中说出更加彰显了这里的非人道，这就像一口深井，拉莱溺在其中无法呼吸。

"在这里。"一个军官在前面带路。他们跟着他走到房间的一边，两具男性尸体并排放在那里。军官开始和巴雷茨基说话。这是第一次巴雷茨基也不知道该说什么好，就跟军官表明拉莱也能听懂德语。

"他们身上有相同的号码。怎么会这样?"他问。

拉莱只能摇头，耸耸肩。**我怎么会知道?**

"看看号码，哪个是真的?"军官厉声道。

拉莱弯下身，抬起其中一只胳膊。他很感激能有一个理由跪下来，但愿这样能让他保持平衡。他仔细看了看他手里的胳膊上文的号码。

"另外一个呢?"他问。

军官猛地把另一个人的胳膊塞给拉莱。他仔细地查看这两个号码。

"看这里。这不是'3'，是一个'8'。它的一半掉色了，但这个还是'8'。"

警卫在这两个已经凉透了的胳膊上写上正确的号码。拉莱没请求准允，就起身离开了大楼。巴雷茨基跟上他走出来，拉莱在外面弯着腰大口呼吸。

巴雷茨基等了一两分钟。

"你还好吗?"

"不，我他妈的一点都不好。你们这些**混蛋**。你们还要杀多少人?"

"我能看出来你很难过。"

巴雷茨基只是一个孩子，一个没接受过教育的孩子。但是拉莱很想知道，他们刚刚见到的是刻着死亡痛苦的面孔和扭曲变形的尸体，他怎么还能无动于衷。

"走吧，我们走吧。"巴雷茨基说。

拉莱站起来走在他身边，却无法直视他。

"你知道吗，文身师? 我打赌你是唯一一走进焚尸炉还能走出来

119

的犹太人。"

他放声大笑，用手拍了拍拉莱的后背，接着大步往前走。

第十五章

　　拉莱从他的营房步伐坚决地走出来，穿过大院继续朝前走。两个党卫队士兵端着枪走近他。拉莱没有任何停顿，举起他的包。

　　"政治部！"

　　他们放下枪。拉莱没再开口就走了过去。他进到女子营地，径直走向第二十九营房。他在那里遇见了卡波，她正百无聊赖地靠在楼边。她掌管的囚犯们都出去干活了，她也懒得动弹。拉莱走近她，从包里拿出一大块巧克力。巴雷茨基曾警告过她不要妨碍文身师和4562号囚犯的关系，所以她就接受了拉莱的"贿赂"。

　　"请把吉塔带来见我。我在里面等她。"

　　卡波把巧克力塞进她丰满的胸部，耸了耸肩，就出发走向行政楼。拉莱进到营房里，关上了身后的门。他不需要等很久。一束光透进来——门开了——这意味着她已经到了。吉塔看着他低着头站在半昏暗的阴影里。

"是你!"

拉莱朝她迈了一步。她后退紧靠在关着的门上,显然十分不安。

"你还好吗?吉塔,是我。"

他又靠近一步,注意到吉塔明显的颤抖,拉莱很惊讶。

"说句话,吉塔。"

"你……你……"她不住重复。

"是的,是我,拉莱。"他抓过她的两只手腕,紧紧握住。

"党卫队来找你的时候,你脑子里都会有什么想法?到底有想法吗?"

"吉塔……"

"你怎么能这么做?你怎么能让党卫队来带走我?"

拉莱愣在那里。他放松了手中紧握的手腕。她挣脱开,转过脸去。

"对不起,我不是故意吓唬你。我就是让你的卡波把你带过来。我需要见你。"

"一个人被党卫队带走,那他就再也回不来了。你明白吗?我以为我要死了,满脑子里只有你。不是再也见不到我的朋友们,不是看着我被带走心里有多难过的希尔卡,而是我再也见不到你了。而在这里的却是你。"

拉莱很惭愧。他的自私让他心爱的人备受煎熬。突然,她伸出拳头朝他奔过来。他伸手接着她,而她撞在他怀里。她捶打他的胸口,眼泪不住地流下来。拉莱禁受着,直到吉塔停下来。然后,他慢慢地抬起她的脸,用他的手帮她擦掉眼泪,想要靠近亲吻她。他们嘴唇相遇的时候,吉塔推开拉莱瞪着他。他伸出胳膊想要让她回到自己的怀抱,但感受到她的不情愿后,就放下了手臂。她再次扑过来，将他推靠在墙上，伸手脱掉他的衬衫。拉莱惊住了，隔着一臂的距离抱着她，但她不肯如此，反而紧紧贴在他身上，猛烈地亲吻他。他把她从地上抱起来，她的双腿缠绕在他腰间，她忘情地亲吻，咬到他的嘴唇也不自知。拉莱尝到了血液的咸腥，却吻了回去。他们磕磕绊绊地挪到附近的床铺边，一起翻身躺了下去，撕扯着彼此的衣服。他们激情而绝望地做爱。这是一种发自内心深处的需求，持续良久，不能平歇。两个人对爱和亲密的渴望极度迫切，他们害怕错过此时就再也体验不到了。这昭示了他们对彼此的承诺，拉莱知道，此时此刻他只爱她。这坚定了他继续活下去的决心，明天，后天，以及千万个日日夜夜里。无论他们活多久，他们都要像拉莱对吉塔说的那样生活："随时随地，只要我们想，就能自由地做爱。"

云雨过后筋疲力尽，他们躺在彼此的怀里。吉塔睡着了，拉莱久久地看着她。身体上的纠缠已然结束，取而代之的是来自拉莱内心肆虐的躁动。**这个地方对我们都做了什么？它把我们变成了什么？我们还能坚持多久？她以为今天就是末日。是我造成了她的痛苦。我绝不能再这样做了。**

他摸了摸嘴唇，皱了皱眉头。这驱散了他暗淡的情绪，他想到疼痛从何而来，微笑便挂在脸上。他温柔地吻醒吉塔。

"你好。"他低声说。

吉塔把腿蜷缩在胸前，满脸疑惑地看着他。"你还好吗？你看起来，我不知道……虽然我进来的时候很难过，但现在想想看，你看起来更糟糕。"

拉莱闭上眼，深深地叹了口气。

"发生什么了？"

"这么说吧，我一脚踏进了深渊，但还是退了回来。"

"总有一天你会跟我讲的，对吧？"

"或许不会。吉塔，别逼我。"

她点点头。

"现在，我觉得你最好回去办公室，让希尔卡和其他人知道你没事。"

"嗯。我想和你在一起，永远。"

"永远是一段很长的时间。"

"或许就只是明天。"她说。

"不，不会的。"

吉塔转过头，脸上泛着红晕，闭上了眼睛。

"你在想什么?"他问道。

"我在听。听墙壁的声音。"

"它们在说什么?"

"什么也没有。它们呼吸沉重，为那些早上离开，晚上却再没回来的人哭泣。"

"它们没在为你哭泣，我亲爱的。"

"不是今天，我现在知道了。"

"或者明天。它们永远不会为你流泪的。现在，从这里出去，回去工作。"

她蜷成一个球。"你能先走吗? 我要找我的衣服。"

拉莱最后吻了她一下，接着手忙脚乱地找他的衣服。穿好之后，他在离开之前又迅速地亲了她一下。营房外，卡波又回到了她靠着墙的地方。

"感觉好些了，文身师?"

"是的，谢谢。"

"巧克力很好吃。我还喜欢香肠。"

"我会看看我能做些什么。"

"你得做到，文身师。回见。"

第十六章
1944 年 3 月

　　敲门声让拉莱从梦乡里醒来。他小心翼翼地打开门，本以为会见到某个罗姆男孩。但事实上站在门口的是两个年轻的男孩子，他们不住地扫视四周，显然是吓坏了。

　　"你们想要做什么?"拉莱问。

　　"你是文身师吗?"其中一人用波兰语问道。

　　"这要看是谁在问了。"

　　"我们要找文身师。据说他住在这里。"另一个男孩说。

　　"先进来吧，免得你们吵醒小孩子们。"

　　拉莱关上男孩们身后的门，示意他们可以坐在床上。他们俩都瘦高瘦高的，其中一个脸上长着零星的雀斑。

　　"我再问一次，你们想要做什么?"

　　"我们有位朋友 ——"雀斑男孩结结巴巴地说。

　　"谁又没有朋友呢?"拉莱打断他问。

　　"我们的朋友遇到了麻烦……"

"谁的又不是呢?"

两个男孩子互相看了看,好像在犹豫要不要继续说。

"对不起。继续说吧。"

"他被抓了,我们害怕他们会杀了他。"

"做了什么被抓的?"

"他上星期试图逃走,他们找到了他,把他又抓回这里。你觉得他们会拿他怎么办?"

拉莱表示很怀疑。

"他到底是怎么逃走的,而且后来他怎么又笨得被抓住了?"

"我们也不太清楚整个过程。"

"好吧,他可能会被绞死,或许明天一早第一件事就是绞死他。你们知道这就是对试图越狱的惩罚,更不用说他实际上都做到了。"

"你是无所不能的,对吧?大家都说你能帮忙。"

"如果你想要些额外的吃的,我能帮忙,但是这件事我无能为力。这个男孩子现在在哪儿?"

"他在外面。"

"在这栋楼外面?"

"是的。"

"看在上帝的分上,马上让他进来。"拉莱边说边打开门。

其中一个男孩赶紧跑到外面,很快就带着一个低着头、因恐惧而发着抖的年轻人回到屋里。拉莱指了指床,他便坐下。他双眼浮肿。

"你的朋友告诉我你逃走了。"

"是的,先生。"

"你是怎么做到的?"

"嗯,我当时在外面干活,问看守能不能去蹲个坑。他告诉我

126

去林子里，因为他不想闻到味道。然后我再回来的时候就发现他们都走了。我害怕如果我追赶他们，很可能会被其他警卫一枪打死，所以我就走回了树林。"

"然后呢？"拉莱问。

"我就一直走，不是吗？然后我走进一个村子准备偷点吃的，就被抓住了。我当时快饿死了。士兵们看到我身上文的号码，就把我带回了这里。"

"现在的情况是，他们明天一早就要绞死你，对吗？"

男孩低下头。拉莱觉得这就是这个男孩明天生命被扼杀后的样子。

"文身师，你能做点什么帮帮我们吗？"

拉莱在他的小房间里来回踱步。他拉起男孩的袖子看了看他的号码。**是我做的**。他继续踱步。男孩子们静静地坐着。

"待在这里。"他语气坚决地说，接着抓起他的包匆匆离开了房间。

探照灯扫射着大院外围，残暴的眼神也在寻找着杀人的目标。拉莱贴着墙走向行政区，进到主办公室。他看到是贝拉坐在桌子后，顿感轻松。她抬头看着他。

"拉莱，你在这里做什么？我没有工作安排给你。"

"你好，贝拉。我能问你一些事吗？"

"当然，任何事。你知道的，拉莱。"

"我今天早些过来的时候，是不是在说今晚要运人出去？"

"是的，午夜的时候有一趟送去另一个营地的。"

"有多少人？"

贝拉拿起旁边一张表格，说："有 100 个名字。怎么了？"

"名字，没有号码？"

"没有，他们都还没文号码。他们就是早些到这里，接着要被送去一个男子营地。那里没人文号码。"

"我们能往那个名单上加一个吗?"

"我觉得没问题。谁?你?"

"不是,你知道我是不会离开吉塔自己走的。是别人——你知道的越少越好。"

"好吧,我帮你。他叫什么?"

"妈的。"拉莱说,"我马上回来。"

拉莱生自己的气,赶忙跑回他的房间。"你的名字——你叫什么名字?"

"孟德尔。"

"孟德尔什么?"

"对不起,孟德尔·鲍尔。"

他又回到办公室。贝拉把名字加到打印名单的最后。

"看守会不会问,这个名字和其他打印的不一样?"拉莱问。

"不会的,他们懒得问问题。把他们自己牵扯进来会有很多麻烦。就告诉这个人看见卡车装人的时候到大院里就行。"

拉莱从包里拿出一枚镶满红宝石和钻石的戒指递给贝拉。"谢谢你。这是给你的。你可以留着或者卖了它。我会确保他到运送点的。"

拉莱回到房间,示意孟德尔的两个朋友站起来,他打开他的包,坐在孟德尔身边。

"把你的胳膊伸出来。"

男孩子们看着拉莱把数字变成一条蛇,虽然样子不完美,但足够掩盖起这些数字了。

"你为什么这么做?"其中一个男孩问道。

"孟德尔要去的地方,没人有号码。他的号码很快就会被发现,那时他还是会被送回来，还是逃不掉绞刑架的。"

他文好图案，转头对那两个在一旁看着的男孩说："你们两个现在回你们的营房，小心一点。我每天晚上只能救一个。"他说："你们的朋友明天就不会在这里了。他半夜就被送走。我不知道他会去哪里，但是不管去哪，他都至少有一线生机。你们明白吗？"

三个男孩互相拥抱，相互承诺要等到这场噩梦结束的那一刻。他们两个走后，拉莱又坐到孟德尔的旁边。

"你待在这里，到时间了再走。我会带你去运送点，剩下的就靠你自己了。"

"我不知道该如何感谢你。"

"如果下一次你成功逃了，别再被抓到就行。这对我来说就是最大的感谢了。"

过了不久，拉莱听到大院那边传来活动的声音。

"来吧，该走了。"

他们偷偷溜出来，贴着楼的外墙走，直到他们看到两辆卡车停在那里，正在上人。

"快点跑过去，试着混进其中一列队伍。你就挤进去，他们问的时候你就告诉他们你的名字。"

孟德尔赶紧跑过去，成功混进一队。他用双臂抱着自己，想要驱走寒冷，也护住手臂上的蛇。拉莱看着看守找到他的名字，让他上了车。发动机启动，卡车离开，拉莱也潜回自己的房间。

第十七章

接下来几个月的日子十分难挨。囚犯们因各种原因离开人世。许多人被疾病、营养不良和寒冷夺走了生命。还有一些人跑到通电的铁丝网结束自己的生命。其他人没等跑到那里，就已经被塔楼上的看守枪杀。毒气室和焚尸炉也加班加点地工作。拉莱和莱昂的文身站挤满了数万名运到奥斯维辛和比克瑙的人。

只要有机会，拉莱和吉塔每星期天都会见面。他们混迹在人群中，暗地里抚摸着彼此。他们偶尔也可以挤出时间在吉塔的营房里共度二人时光。这鼓励着他们用全力活着，而对拉莱来说，他也要谋划一个两人共同的未来。吉塔的卡波吃了拉莱带给她的食物，日渐发胖。有的时候，拉莱很长时间都无法抽身来见吉塔，卡波还会直接问："你男朋友下次什么时候来？"

有一个星期天，吉塔终于经受不住拉莱多次的发问，就将发生在希尔卡身上的事告诉了拉莱："希尔卡是施瓦茨休伯的玩物。"

"天啊，这有多久了？"

"我也不太清楚。一年，或者更久了。"

"他只不过是个醉鬼，一个虐待人的混蛋，"拉莱握紧拳头说，"我能想象他是怎么对她的。"

"别说了！我不想想这个。"

"他们在一起的时候是什么样的，她告诉你们什么了？"

"什么也没有。我们也不问。我不知道该怎么帮她。"

"如果她拒绝，他会亲手杀了她的。我猜希尔卡早就明白了这一点，不然她早就死了。最应该担心的是别怀孕才好。"

"这倒还好，没人会怀孕的。你懂吧，那需要和月经周期吻合的。你不知道吗？"

拉莱尴尬地说："好吧，是的，我知道那个。这只是，不是我们刚刚谈的。我也没想到。"

"你和虐待狂都不需要担心我或者希尔卡会怀上孩子。好吗？"

"别把我和他相提并论。告诉希尔卡，她是个英雄，认识她是我的骄傲。"

"你什么意思，英雄？她不是个英雄。"吉塔说，她有些恼怒，"她仅仅是想活着。"

"这就足以让她成为一个英雄。你也是英雄，亲爱的。你们两个选择生存，对纳粹混蛋来说，活着这件事本身就是抵抗。选择活着是一种反抗，是英雄主义的一种体现。"

"那这样说的话，活着又让你做了什么？"

"参与灭绝我们自己的同胞，我面前曾摆着这个选项，为了活着，我也选择这样去做。我只能期盼某一天我不会以犯罪者或通敌者的身份被审判。"

吉塔靠过来亲吻他。"你是我的英雄。"

时间过得很快，其他女孩陆陆续续回到营房的时候吓了他们一跳。还好他们都穿戴整齐，所以拉莱离开的时候并没有想象的

131

那么尴尬。

"你好，嗨。丹娜，很高兴见到你。女孩们。女士们。"他边往外走边打招呼。

卡波还坐在大楼入口她惯常的位置，冲拉莱摇了摇头。

"其他人回来之前你要离开这里。好吗，文身师？"

"对不起，这是最后一次。"

拉莱在大院里晃荡，脚步轻盈。他听到有人叫他的名字，感到很惊讶，他环顾四周看是谁在叫他。是维克多。他和其他波兰工人正在往营地外面走。维克多招呼他过去。

"嗨，维克多，尤里。你们还好吗？"

"看起来不如你好。发生什么事了吗？"

拉莱摆摆手说："没事，没什么。"

"我们想给你东西，本以为没法拿给你。你包里还有地方吗？"

"当然有。对不起，我应该早些来见你们的，但是我，呃，很忙。"

拉莱打开他的包，维克多和尤里把它装满了，但还剩下很多放不进去。

"你想让我把剩下的带回去明天再带来吗？"维克多问。

"不用，我拿着，谢谢。明天见的时候再付钱给你。"

比克瑙成千上万的女孩子里，除了希尔卡，还有一个女孩子得到了党卫队的豁免，可以留下长发。她大概跟吉塔差不多大。拉莱从没和她说过话，但是时不时能见到她。她一头飘逸的金发很引人注目。其他人都用围巾或者从衬衫上撕下布条当成围巾包住头，极力藏起来她们参差不齐的头发。有一天，拉莱问巴雷茨基她和党卫队达成了什么交易。怎么会允许她留长发？

"她进营地的那天。"巴雷茨基回答说，"指挥官霍斯当时正在挑选处。他看见她，觉得她很漂亮，就说不许动她的头发。"

拉莱经常对他在这两个营地见到的事情感到震惊，但是霍斯从成百上千的女孩子里觉得只有一个很漂亮，这真的让他万分不解。

　　拉莱匆匆走回房间，他的裤袋里塞满了香肠，转角的时候看见了她——营地里唯一的"漂亮"女孩，她正盯着他看。他以有史以来最快的速度回到自己的房间。

第十八章

　　春天的到来赶走了冬天的肃杀。活下来的人撑过了大自然的严寒和看守们心血来潮施加给他们的酷刑，渐暖的天气给每个人都带来一线希望。就连巴雷茨基都不那么冷酷无情了。

　　"我知道你能弄到东西，文身师。"他说道，说话声音比平时低了些。

　　"我不知道你在说什么。"拉莱说。

　　"东西。你能弄到。我知道你和外面有联系。"

　　"你说这个是要干什么？"

　　"你看，我喜欢你，你知道吧？我没开枪打过你，是不是？"

　　"你打死了不少其他人。"

　　"但不是你。我们就像兄弟，你和我。我还告诉过你我的秘密，对吧？"

　　拉莱不想去质疑这一套称兄道弟的说辞。

　　"你说吧，我听着呢。"拉莱说。

"有时候你给我提建议，我都听了。我甚至试着写一些好听的话给我女朋友。"

"这我倒不知道。"

"现在你知道了。"巴雷茨基说，他的表情很认真，"听着——我想让你帮我弄点东西。"

拉莱很紧张，因为他怕有人可能会偷听到这段对话。

"我跟你说过……"

"我女朋友的生日要到了，我想让你帮我弄到一双尼龙丝袜送给她。"

拉莱难以置信地看着巴雷茨基。

巴雷茨基对他笑了笑："帮我弄到手，我不会打死你的。"他说完大笑起来。

"我会看看我能做些什么。可能需要几天。"

"别太久就行。"

"我还能为你做些什么？"拉莱问。

"没了，今天你休息。你可以去陪吉塔。"

拉莱心生厌恶。巴雷茨基知道自己会陪吉塔在一起，这已经很糟糕了，但是他无比憎恶从这个混蛋的嘴里听到她的名字。

在接受巴雷茨基让他去找吉塔的提议之前，拉莱先去找了维克多。他最后找到了尤里，他告诉拉莱维克多生病在家，今天没来工作。拉莱表示他对此感到很难过，然后就准备离开。

"有什么是我能为你做什么吗？"尤里问。

拉莱转过身道："我也不知道。我这次需要的东西很特别。"

尤里扬起眉毛。"我可能能帮上忙。"

"尼龙丝袜。你知道吧，女孩子穿在腿上的。"

"拉莱，我又不是个孩子。我知道那是什么。"

"你能帮我弄到一双吗？"拉莱亮出手里的两枚钻石。

尤里接过它们。"给我两天时间。我应该能帮到你。"

"谢谢你,尤里。替我向你父亲问好。希望他能很快好起来。"

拉莱穿过大院朝女子营地走的时候听到了飞机的声音。他抬头看到一架小飞机在大院上方低空飞过,接着又调头飞了回来。它飞得很低,拉莱甚至能看清上面美国空军的标志。

一个囚犯喊道:"是美国人!美国人来了!"

所有人都抬头往上看。有几个人甚至跳起来,朝空中挥舞手臂。拉莱看了看大院周围的塔楼,发现看守们都在全面戒备,朝大院里骚动的男男女女们举起步枪。一些人仅仅是想挥手引起飞行员的注意,还有很多人指着焚尸炉的方向大叫:"扔炸弹。扔炸弹!"飞机转了两圈正要飞第三圈的时候,拉莱想着要不要加入这些人的队伍。几个囚犯跑向焚尸炉,指着那里,奋不顾身地传达他们想表达的信息:"扔炸弹。扔炸弹!"

飞机在比克瑙上空飞过三圈,接着慢慢爬高,最后飞走了。囚犯们接着大喊。很多人跪倒在地。这般视而不见的举动让他们十分崩溃,不知所措。拉莱退到附近一栋楼边。刚好及时。子弹如雨点般从塔楼落在大院里的囚犯身上,击中了很多没能来得及躲到安全地方的人。

面对着这些爱乱开枪的看守,拉莱决定先不去见吉塔,而是走回他自己的营房。迎面而来的是哭天抢地的叫喊。女人们怀里抱着受了枪伤的小男孩和小女孩。

"他们看见飞机,就跟着其他囚犯一起在大院跑来跑去。"一个男人说道。

"我能帮忙做什么吗?"

"带其他孩子进屋。没必要让他们看到这些。"

"好。"

"谢谢你，拉莱。我会让老妇人们进去帮你。我不知道怎么处理这些尸体，我不能把它们留在这里。"

"党卫队会过来抬走死者的，这点我可以肯定。"这话听起来如此冷酷无情，但却是事实。拉莱的泪水在眼中翻滚。此刻他也不知所措。"我很抱歉。"

"那他们会对我们怎么样？"这个男人问。

"前方等着我们每个人的是怎样的命运，我真的一无所知。"

"死在这儿？"

"也许不会，但我不知道。"

拉莱开始召唤小男孩和小女孩们进屋。有些在哭，有些被吓得待在那里。几位年长的妇人过来帮他。她们带着活下来的孩子到营房最里面的地方，并始给他们讲故事。但这一次，故事也无法安抚孩子们的情绪。他们之中的大多数都处在创伤过后失语的状态。

拉莱去他自己的房间，再回来的时候手里拿了些巧克力。他和娜德雅把巧克力分给大家。有些孩子接了过去，还有些只是看着它，就好像巧克力也会伤害到他们一样。他不知道自己还能做什么。娜德雅握着他的手拉他起身。

"谢谢你。你已经尽力了。"她用手背轻抚他的脸颊，"你先回去吧。"

"我过去帮他们。"拉莱声音颤抖地说。

他一瘸一拐地走到门外，帮外面的男人们把瘦小的尸体收到一起，好让党卫队抬走。他发现他们已经把横在大院里的尸体收了回来。几位母亲拒绝交出他们的宝贝孩子。看着幼小、毫无生气的躯壳从他们母亲的怀抱里被拉扯出来，拉莱万分心碎。

"*Yisgadal veyiskadash shmei rabbah*——愿他的名被颂扬，神圣纯洁……"拉莱低声背诵祈祷文。他不知道罗姆人如何或用什么样的词语来悼念亡者，就本能地用他自己熟知的方式来安抚这些逝去的生命。他在外面坐了很久，望着天空，想知道美国人看到了什么，又想了什么。几个男人沉默地坐在他身边，死寂般的沉默。空气中弥漫的悲痛就这样包裹着他们。

拉莱想到了那天的日期，1944年4月4日。他在那周的工作单上见过。"4月"让他喘不过气来。4月，4月到底怎么了？接着他意识到，再有三个星期，他就在这里待满两年了。**两年**。他是怎么做到的？为何他尚能呼吸，而很多人却再也不能？他回想起最开始自己立下的誓言。活下去，要看到造成这些痛苦的人遭到应有的报应。或许，仅仅是或许，飞机里的人清楚这里发生着什么，救援队伍可能正在来的路上。这对今天死去的人来说已经太晚了，但他们绝不会白白死去。**坚定这个想法。支撑自己明天早上，后天早上，每天早上都能从床上爬起来。**

头顶夜空中闪烁的星星不再是一种安慰。它们只是在提醒着他理想生活与现实之间的鸿沟。他还是小男孩的时候，在温暖的夏夜里，他趁着所有人都熟睡后悄悄溜到外面，让夜风轻抚他的脸庞，好似为他清唱摇篮曲；和年轻女士一起度过的夜晚里，他们手牵手在公园、湖边散步。空中成千上万的星星为他们点亮道路。夜空里绝美的穹顶曾经常让他感到慰藉。**现在，我的家人在某个地方也会看着同样的星星，想知道我身处何方。我所希望的是，他们能从星星之中得到比我更多的安慰。**

1942年3月初，拉莱和父母、兄弟姐妹在家乡克龙帕希道别。前一年的10月，他辞去了布拉迪斯拉发的工作，搬离了那里的公寓。这是他和一位为政府工作的非犹太老朋友叙旧后做出的决定。这位朋友提醒他，迎接所有犹太公民的将是一场政治变革，拉莱的亲和与魅力也无法在这场风波中保全他。他的朋友为他提供了一份可以保护他免于迫害的工作。与这位朋友的主管上司会面后，他得到了斯洛伐克民族党党首助理的工作，他也接受了。加入斯洛伐克民族党不涉及宗教问题。这意味着将国家掌握在斯洛伐克人自己手中。拉莱身穿很像军装的民族党制服，他花了几个星期的时间在全国各地分发通讯，在集会上发言。民族党特别想要在青年中引起共鸣，大家必须站在统一战线上，反抗完全投靠希特勒、不为斯洛伐克人提供保护的政府。

拉莱知道斯洛伐克境内的所有犹太人都被勒令在公共场合时要在衣服上佩戴黄色的大卫之星。但他拒绝这样做。这并不是出于恐惧。而是他认为自己是一名斯洛伐克人：骄傲、固执，甚至他承认自己在世界上的存在就是如此傲慢。生来是犹太人实属偶然，而这个身份也从来没有对他所做的事或是与谁成为朋友产生过干扰。如果偶然谈及，他会承认自己是犹太人，然后继续对话。犹太身份不是定义他生而为谁的特质。比起在餐厅或俱乐部里，在卧室里聊起这个问题更普遍。

1942年2月，德国外交部要求斯洛伐克政府开始押送犹太人出境去补充劳力，拉莱提前收到了警告。他请假探望家人的要求得到了批准。职位为他保留，他可以随时回来工作——他在那里的工作是有保障的。

他从不觉得自己很天真。像许多当时生活在欧洲的人一样，他对希特勒的崛起和他给周边小国带来的恐慌十分担忧，但他不能接受纳粹入侵斯洛伐克的行为。他们也不需要。因为政府按时如愿地给了纳粹想要的一切，对他们来说，斯洛伐克丝毫不构成威胁。斯洛伐克只希望能保持独立。用晚餐和与家庭、朋友聚会的时候，他们有时会讨论发生在其他国家的迫害犹太人的报道，但他们没有意识到，身为一个群体，斯洛伐克犹太人也危在旦夕。

然而他现在在这里。已经过去两年了。他生活在一个主要由犹太人和罗姆人组成的社区里，用来定义他们的不是国籍，而是种族。这是拉莱始终都很费解的。国家威胁国家。因为它们有权力、有军队。**一个分散在众多国家之中的种族怎么会被视为威胁？** 他知道，在或长或短的余生里，他都不会想清楚这是为什么。

第十九章

　　吉塔和拉莱在行政楼后面他们的小天地偷得片刻清闲。"你放弃信仰了吗?"吉塔问道，说话间向后倾靠在拉莱的胸前。她选择这个时刻问这个问题是因为她想亲耳听到而不是看到他的回答。

　　"你为什么会这么问?"他抚摸着她的后脑勺说。

　　"因为我觉得你已经放弃了。"她说，"这让我很难过。"

　　"那这么说，你显然还有信仰?"

　　"是我先问的。"

　　"是的，我想我放弃了。"

　　"什么时候?"

　　"到这里的第一天晚上。我跟你讲过发生了什么，我看到了什么。一个仁慈的上帝怎么能放任不管，我不知道。自那晚起，没发生任何能改变我这个想法的事。一切都恰恰相反。"

　　"你总要相信些什么。"

"我相信。我相信你和我，我们会离开这里，还会在一起生活，我们可以……"

"我知道，无论何时何地，只要我们想。"她叹了口气，"噢，拉莱，但愿如此。"

拉莱转过她的身子面朝自己。

"我不会因为自己身为一个犹太人就这样被定义。"他说，"我不会否认，但首先我是一个人，一个爱你的人。"

"如果我想保留信仰呢？如果它对我来说依然很重要？"

"我对此没有发言权。"

"你有的。"

他们陷入了令人局促的沉默。他看着她，她的目光低垂。

"你坚持你的信仰没有问题。"拉莱轻声说，"事实上，如果它对你来说很重要，能让你留在我身边，我会鼓励你坚持。我们离开这里后，我会鼓励你去践行信仰，我们的孩子出生后，他们可以遵循自己母亲的信仰。这样你还满意吗？"

"孩子？我不知道我还能不能生养孩子。我觉得这里已经把我毁了。"

"等我们离开这里，我会把你养胖，我们会有孩子的，他们会很漂亮，他们会长得像妈妈。"

"谢谢，亲爱的。你让我愿意去相信真的会有一个未来。"

"这就很好。这意味着你会告诉我你姓什么，从哪里来吗？"

"还不到时候。我跟你说过，等到我们离开这里的那天我会告诉你。请别再问我了。"

和吉塔分别后，拉莱找到莱昂和几个第七营房的朋友。这是一个美好的夏日，他打算尽情地和朋友们享受阳光。他们坐在一个营房的墙边，聊天内容也很日常。警笛声响起，拉莱和他们道别，走回自己的营房。他靠近楼栋的时候感到一丝不对劲。罗姆孩子们站在附近，却没有跑过来迎接他，他走过的时候他们反而退到一边。他和他们打招呼，他们也并没回应。他打开房间门的时候突然明白了原因。他的床上摆满了原本藏在床垫底下的宝石和货币。两个党卫队军官正等在那里。

"想要解释一下吗，文身师？"

拉莱说不出话来。

其中一个从拉莱的手上抢过他的包，把工具和墨水瓶都倒在地板上。然后他们把财宝放进包里。手枪上膛，他们指着拉莱，比画着让他走动起来。拉莱走出吉卜赛营地，孩子们躲在一旁，而他也相信这是他最后一次走这段路了。

拉莱站在霍斯特克面前，包里的东西散放在他的桌上。

霍斯特克拿起宝石和珠宝，一件一件地仔细看。"你从哪里得到这些的？"他问道，并没抬头看他。

"犯人们给我的。"

"哪些犯人？"

"我不知道他们的名字。"

霍斯特克抬头看拉莱，目光如剑。"你不知道是谁给了你这些？"

"是的，我不知道。"

"你觉得我能相信？"

"是的，先生。他们拿给我，但我不问他们的名字。"

霍斯特克一拳猛击在桌上，震得宝石碰在一起叮当作响。

"文身师，这让我非常生气。你工作做得不错。但现在我必须要找别人去替你做了。"他转向押送他的军官说："带他去第十一营房，到了那儿，他会很快想起那些名字的。"

拉莱被赶进一辆卡车。两个党卫队军官分别坐在他两边，每个人都端着把手枪紧紧抵在他肋骨上。四公里的车程里，拉莱在心中默默地与吉塔和他们勾勒的未来告别。他闭上眼睛，默念家里每个人的名字。他已经不能像过去那样清楚地记起兄弟姐妹的模样了。他能清楚地记起母亲的样子。但是和母亲告别，这要如何开口？她给了他呼吸，教他如何生活？他无法和她说再见。父亲的形象出现在他面前时，拉莱喘不过气来。而这让一个军官把手枪顶得更深了些。上一次见到父亲的时候，他在流泪。他不想记忆中的父亲是这般形象，所以他在脑海中寻找他的另一副形象，出现的是他的父亲和心爱的马匹一起工作时的景象。他经常亲切地和它们说话，这和他对孩子们的方式形成鲜明的对比。拉莱的哥哥马克斯更年长也更聪明。他默默对他说，他希望自己没有让他失望，他试着想象如果马克斯身处自己的位置会如何做。拉莱想到妹妹戈尔蒂的时候痛苦万分，无法承受。

卡车突然停下来，拉莱倒在旁边的军官身上。

他被安置在第十一营房的一个小房间里。第十和十一营房是臭名昭著的惩罚区。这些僻静的酷刑房间后面是"黑墙"——处决墙。拉莱猜测自己经受严刑拷打之后会被带到那里。

他在牢房里坐了两天，唯一的光亮从门底的裂缝中钻进来。他听着别人的哭声和惨叫声，重温自己和吉塔度过的每一刻。

第三天，门开了，倾洒进来的阳光让拉莱一时目眩。一个大块头的男人挡在门口，递给他一碗液体。拉莱接过来。他的眼睛适应了阳光，他认出了这个男人。

"雅各布，是你吗？"

雅各布进到牢房里，低矮的天花板让他只能哈着腰。

"文身师，你怎么在这里？"雅各布明显很震惊。

拉莱挣扎着站起身向他伸出手。"我经常想，你怎么样了。"他说。

"就像你预测的那样，他们给我安排了份工作。"

"所以你是看守?"

"不仅仅是个看守，我的朋友。"雅各布的声音很严肃，"坐下快吃吧，我会告诉你我在这里做什么，还有你面临的是什么。"

拉莱满心担忧地坐下来，看着雅各布递给他的食物。稀薄、脏兮兮的肉汤，里面只有一片土豆。拉莱饿了很久，他已经没有了任何食欲。

"我永远不会忘记你的善意，"雅各布说，"我刚到这里的那一晚本会饿死的，是你喂了我吃的。"

"嗯，你比大多数人需要更多食物。"

"我听说了你走私食物的事。是真的吗?"

"没错，这就是我在这里的原因。在'加拿大'工作的犯人们偷着把宝石和钱带给我，我用它们从村民那里买食物和药品，然后分发给大家。我想是我遗漏了什么人，他们告发了我。"

"你不知道是谁?"

"你知道?"

"不，那不是我的工作。我的工作是从你这里问出名字——试图计划逃跑和组织抵抗的犯人的名字，当然，还有给你提供金钱和珠宝的犯人名字。"

拉莱看向别处，开始思考雅各布说的这些罪行的严重程度。

"像你一样，文身师，我做的是我必须做的，为了活下来。"

拉莱点头。

"我会打到你告诉我这些名字。我是个杀手，拉莱。"

拉莱摇了摇头，嘀咕着他所知道的所有脏话。

"我没有选择。"

145

拉莱五味杂陈。已经死去的囚犯的名字从他脑海掠过。他能告诉雅各布那些名字吗？**不。他们最终会查清楚的，那时我还会再回到这里。**

"问题是，"雅各布说，"我不能让你告诉我任何一个名字。"

拉莱一脸疑惑地盯着他。

"你之前对我很好，我会装作打得很狠，但在你告诉我名字之前我会杀了你。我想尽可能地少沾染些无辜人的鲜血。"雅各布解释说。

"噢，雅各布。我从没想过这会是他们安排给你的工作。我很抱歉。"

"如果为了救十个犹太人，我必须杀死一个，我会做的。"

拉莱伸手拍拍这个大块头的肩膀。"做你该做的就好。"

"说意第绪语。"雅各布说，接着转身走开，"我觉得这里的党卫队都不认得你，也不知道你会讲德语。"

"好，那就说意第绪语。"

"我晚些再过来。"

房间再次陷入一片漆黑。拉莱思考着自己的命运。他可以不说出任何名字。现在的问题是谁来杀死他，是无聊至极、对着快凉了的晚餐的党卫队军官，还是为了救其他人而进行这场合理谋杀的雅各布。他心下逐渐感到平静，静静等待死亡的降临。

他想知道会有人告诉吉塔他发生了什么事吗？还是她余生都无从可知？

拉莱累极了，坠入沉沉的梦乡。

"他在哪儿？"他的父亲呼喊着冲进屋里。

拉莱又一次没去上班。他的父亲回家迟了没能赶得上晚餐，因为他得替拉莱做完他的工作。拉莱跑开想要躲到他母亲身后，就把她从长凳边拉过来，挡在他和父亲中间。她手伸向身后，不知道抓住的是拉莱还是他的衣服，至少能保护他的头免遭拳打。他的父亲并没让她让开，也没想要再伸手去够拉莱。

"我来教训他。"他母亲说，"晚饭过后我会罚他的。现在坐下吧。"

拉莱的哥哥和妹妹翻了翻白眼。这一幕他们之前就已经见识过多次了。

晚些时候，拉莱向母亲保证他会成为父亲更得力的帮手。但是帮助父亲这件事对他来说太难做到了。拉莱担心他会最终成为父亲的样子，未老先衰，累得都没心思夸赞一下妻子的样貌或是她花费一整天为他准备的食物。拉莱不想成为这样的人。

"你最喜欢我，对不对，妈妈？"拉莱会这样问。如果家里只有他们两个人，他的母亲会紧紧抱住他说："是的，亲爱的，你是我最喜欢的。"如果他的哥哥或妹妹在旁边，她会说："你们都是我最喜欢的。"拉莱从没听过他的哥哥和妹妹问过这个问题，但也有可能只是他没听到。他还是个小男孩的时候，经常会在家人面前信誓旦旦地宣称他长大后要娶他的母亲。他的父亲会假装没听到。而他的兄妹会追着打他，告诉他母亲已经结婚了。母亲从混乱中把他们拉开后，她会带他到一旁，解释说他有一天会找到自己心爱和关心的人。他从来都不想相信她的这个说法。

长大之后，拉莱每天都会跑回家，拥抱她的母亲问好，感受她令人放松的身体、柔软的肌肤和在他前额留下的吻。

"我能帮你做些什么？"他会说。

"你真是个好孩子。将来你会成为一个好丈夫。"

"告诉我怎样做才能成为一个好丈夫。我不想像爸爸一样。他没能让你开心。他也没帮你什么。"

"你爸爸工作很努力，这样才能赚钱养活我们。"

"我知道，但他不能兼顾吗？赚钱，也让你开心？"

"年轻人，你长大之前还有很多要学呢。"

"那你教我吧。我想让嫁给我的女孩子喜欢我，想让她跟我在一起感到快乐。"

拉莱的母亲坐了下来，他坐在她的对面。"你必须先学会听她说话。即便你很累，你也要听她想要说的话。要知道她喜欢什么，更重要的是，她不喜欢什么。可以的时候，送些小礼物给她——花、巧克力——女人喜欢这些东西。"

"爸爸最近一次送给你礼物是什么时候？"

"这没关系。你想知道的是女孩子们想要什么，而不是我得到了什么。"

"等我有钱了，我会送花和巧克力给你，我保证。"

"你应该攒钱留给那个能抓住你的心的女孩。"

"我怎么知道她是谁？"

"噢，你会知道的。"

她把他拉到怀里抚摸他的头发，她的男孩，她的小男子汉。

她的形象逐渐消散——泪花中的图像模糊不清，他眨了眨眼——他想象吉塔躺在自己怀里，他抚摸着她的头发。

"妈妈，您说得对。我确实知道。"

雅各布过来找他。他把他拖过走廊到了一个没窗户的小房间。天花板上悬挂着一只灯泡。房间后墙上悬挂着一条链子，上面挂着手铐。地上放着一根桦条鞭。两个党卫队军官正在聊天，并没在意拉莱的出现。他往后挪了挪步，眼神也始终盯着地面。雅各布毫无预警地就朝拉莱脸上挥了一拳，将他打飞了出去跌撞在墙

148

上。这才让军官开始留意。拉莱想要站起身。雅各布慢慢向后抬起右脚。拉莱预感到了接下来的一脚。雅各布的脚刚碰到拉莱肋骨的时候，他顺势退后，然后夸张地在地上打滚，揪着胸口喘着粗气。他慢慢站起来，雅各布再一次打了他的脸。虽然雅各布暗示了他要打他的打算，但这次拉莱承受了全力的一击。鲜血从他粉碎的鼻子里喷涌而出。雅各布粗鲁地拽拉莱起来，把他铐在悬着的链子上。

雅各布拿起桦条鞭，从拉莱的背上撕下衬衫，抽了他五鞭。接着他扯下拉莱的裤子和底裤，又朝他屁股抽了五鞭。拉莱疼得大叫，这并不是假装的。雅各布猛地向后揪拉莱的头。

"告诉我们给你偷东西的囚犯名字！"雅各布坚决又凶狠地说。

军官们若无其事地站在那里看着。

拉莱摇摇头，呜咽着说："我不知道。"雅各布又打了拉莱十下。血从他的腿上流下来。这引起了两个军官更多的注意，他们靠近了些。雅各布向后猛拽拉莱的头向他咆哮："说！"然后在他耳边低语："说你不知道然后装晕。"接着又大喊："告诉我们名字！"

"我没问过！我不知道。你们要相信我……"

雅各布朝拉莱肚子打了一拳。他膝盖一弯，翻了个白眼，假装昏倒。雅各布转身对军官说。

"他就是个瘦弱的犹太人。如果他知道那些名字，他刚才就会告诉我们了。"他踢了踢悬在链子上的拉莱的腿。

军官点点头，从房间里走了出去。

门关上后，雅各布马上把拉莱放了下来，小心地把他放在地板上。他从衬衫里掏出一块藏起来的布，擦了擦拉莱身上的血迹，又轻轻帮他穿上裤子。

"真的对不起，拉莱。"

他扶他起身，把他带回他的房间，让他躺在自己怀里。

"你做得很好。你还要这样睡一会儿。我晚些会带些水和干净的衣服回来。现在快好好休息吧。"

接下来的几天，雅各布每天都会带食物和水来看拉莱，偶尔也会给他换换衬衫。他向拉莱描述伤势情况，告诉他伤口正在愈合。拉莱知道伤口的疤痕会伴他一生。**或许这就是身为文身师应得的报应。**

"你打了我多少下？"拉莱问。

"我不知道。"

"你知道的。"

"拉莱，已经过去了，现在你在好转。别管了。"

"你是不是打碎了我的鼻子？我现在呼吸困难。"

"可能吧，但没那么严重。已经消肿了，而且从外观上看不出来。你还是很帅气。还会有女孩子追你的。"

"我不想让女孩子追我。"

"为什么？"

"我已经找到了我爱的那一个。"

第二天，门开了，拉莱抬头想要跟雅各布打招呼，却看到进来的是两个党卫队军官。他们示意拉莱站起来跟他们走。拉莱坐在那里，试图平复自己的情绪。**这就结束了吗？我就要去黑墙了吗？**他默默向家人道别，最后，也跟吉塔说了再见。党卫队军官等不及了，不耐烦地走进房间，提起步枪指着他。他双腿颤抖着跟着他们走到外面。这是一个多星期以来拉莱第一次感受到温暖的阳光照在脸上。他在两个名军官中间踉踉跄跄往前走。他抬头正准备迎接自己的命运，却看到还有几个囚犯被塞进旁边的卡车里。**也许这还不是终点。**他的双腿已经没了力气，军官拖着他走完剩下的一小段路，然后把他扔上车。拉莱没有回头看。他紧贴着卡车的一边，就这样一路回到比克瑙。

第二十章

拉莱从卡车上被拉下来。两个党卫队军官一人架着他一只胳膊，把他拖到霍斯特克的办公室。

"我们从他这里什么都没问出来，那个犹太大块头教训了他一顿也没什么用。"其中一个说。

霍斯特克看向拉莱，拉莱抬起头。

"所以你是真的不知道他们的名字？他们也没打死你？"

"是的，先生。"

"他们把你又还给我了，呵？现在你又变成我要解决的问题了。"

"是的，先生。"

霍斯特克和军官说。

"把他带去第三十一营房。"说着转向拉莱："你死之前我们会让你干些重活，记住我的话。"

拉莱被拖离办公室。他想要跟上党卫队军官的脚步，但走到大院一半的时候他就放弃了，任由脚上的皮肤被沙砾磨破。军官打开第三十一营房的门，把他扔了进去就走开了。拉莱躺在地上，身心都疲惫不堪。几个囚犯小心翼翼地靠近他。两个人试着扶他起来，但拉莱疼得大叫，他们就停手了。其中一个人拉起拉莱的衬衫，看到他伤痕累累的后背和屁股。这一次，他们更加小心地抬起他，把他放在一张床铺上。他很快就睡着了。

"我知道这是谁。"其中一名囚犯说。

"是谁？"另一名问道。

"是文身师。你没认出他吗？你的号码很可能就是他文的。"

"是啊，你说得没错。我想知道他这是得罪了谁。"

"我在第六营房的时候吃过他额外的口粮。他以前经常分吃的给大家。"

"这我倒不知道。我只在这个营房待过。我刚来的那天就得罪人了。"那个人轻声地笑。

"他这样子没法去吃晚饭。我给他留点我的吧。他明天会需要的。"

过了一会儿，拉莱被两个人叫醒，他们每个人都拿着一小块面包。他们递给他，拉莱心怀感激地接过来。

"我一定要离开这里。"

男人们笑了。

"当然，我的朋友。那么你就有两个选择：一个很快，另一个就要等久一些。"

"它们都是什么？"

"好吧，明天早上你可以出去，死亡推车过来的时候你自己躺进去。或者你可以跟我们一起去田里干活，你摔倒或者求着他们开枪打死你。"

"这两个选择我都不喜欢。我得找到其他的办法。"

"那祝你好运了，我的朋友。你最好休息一下。前面等着你的是很难挨的一天，尤其是以你现在的身体状况来说。"

那天晚上，拉莱梦到了他曾离开家的那些时刻。

第一次离开家的时候，他还是一个满怀希望的年轻人，满心想要打拼属于自己的未来。他会找到一份热爱且能让他有所成长的工作。他会经历许多，走遍他在书中读过的浪漫的欧洲城市：巴黎、罗马、维也纳。最重要的是，他想要找到那个与他共坠爱河的人，沐浴在爱情的阳光里，把母亲讲过的重要的东西——花、巧克力、他的时间和关注——悉数献给她。

他的第二次离开充满了不确定和未知，他惴惴不安。前方到底会有什么？

经过漫长又煎熬的旅程，拉莱阔别家人来到了布拉格。他按照指示去相关政府部门报到，被告知在附近找个地方住下，每周都要前来报到，直到上面做好如何安排他的决定。一个月之后，也就是4月16日，他被通知带着他的所有行李去当地的一所学校报到。和他安置在一起的是许多从斯洛伐克各地赶过来的年轻犹太小伙子。

拉莱对自己的外表感到很得意，他看起来很得体，容光焕发，似乎并未受到生活现状的影响。他每天都在学校厕所间里洗干净自己的衣服。他不确定自己将要去哪里，但是要确保当他抵达的时候，他一定要是自己最好的样子。

接下来的五天都是闲坐在那里，无所事事还担惊受怕的，其实更多的时候都是无聊。拉莱和其他人被告知收拾好他们的东西出发去火车站。没人告诉他们即将要去哪里。一列原本用来运牲口的火车停在那里，大家被命令要爬上去。有些人拒绝上去，说这运货车肮脏不堪，玷污了他们的尊严。拉莱旁观着官方对此的反应，这是他第一次看到自己的同胞向犹太人举起步枪，攻击那些还在继续抗议的人。他和其他人一起爬上车。车厢再也塞不下更多的人的时候，拉莱眼看着车门砰地被关上，听着斯洛伐克士兵把门闩上，而这些士兵原本的工作是守护他。

他一遍又一遍地听到砰的关门声和咔嗒的门闩扣上的声音，砰，咔嗒。

第二天一早，两个心地不错的囚犯扶着拉莱走出营房，站在他身边等着点名。**距离上一次我这样站着已经过去多久了？**号码，号码。幸存总是关乎着号码。列在卡波的名单里就意味着你还活着。拉莱的号码在名单的最后，因为他是最后一个到第三十一营房的"住客"。第一次念到他的时候他没回应，别人推了推他他才反应过来。他们都喝了杯又冷又淡的咖啡，吃了一小片陈面包，然后就开始走去干活的地方。

奥斯维辛和比克瑙这两个营地之间有一片地，他们的工作就是把大块的石头从一边运到另一边。石头都运过去之后，他们就要按着指令再把它们都搬回去。日子就这样一天天过去。拉莱想到他在旁边的路上走过上百次，见到过他们干这个。**不，我只是瞥见的。我无法直视这些人所受的苦。**他很快就明白了，党卫队会开枪打死最后一个搬石头到达的人。

拉莱得竭尽全力。他身上的肌肉疼痛万分，但他的意志很坚定。只有一次他是倒数第二个到的。一天结束的时候，仍然活着的人会把死去的人的尸体收到一起带回营地。拉莱可以不做这个，但这样的恩惠仅仅存在于今天一天。明天他也得出一份力，前提是他还活着。

他们跋涉回到比克瑙，拉莱看见巴雷茨基站在大门内侧。他走到拉莱身旁。

"我听说了你的事。"

拉莱看着他说："巴雷茨基，你能帮我件事吗？"拉莱请求他帮忙的举动向其他人暗示了巴雷茨基和其他党卫队军官不同。他知道这个军官的名字，还能请他帮忙。让自己看起来和敌人关系很好，这会让他极度羞愧，但他需要这样。

"或许可以吧……什么事？"巴雷茨基看起来很不自在。

"你能给吉塔捎个信吗？"

"你真的想让她知道你现在在哪儿吗？或许让她以为你已经死了会更好，不是吗？"

"就告诉她我在哪——第三十一营房——然后让她告诉希尔卡。"

"你想让她的朋友知道你在哪儿？"

"是的，这很重要。她会明白的。"

"唔。我觉得我会告诉她的。你床垫下有很多钻石，真的吗？"

"他们没提到红宝石、祖母绿、美元、英镑和南非镑？"

巴雷茨基摇摇头笑了，用力拍了拍拉莱的后背就离开了。

"希尔卡。一定要让吉塔告诉希尔卡。"他在他身后喊道。

巴雷茨基朝后挥了挥胳膊，让拉莱回去。

巴雷茨基走进女子营地的时候，她们正在排队领晚餐。希尔卡看到他走到卡波那里，然后指了指吉塔。卡波用手指召唤吉塔过去。希尔卡把丹娜拉到身边，吉塔慢慢朝巴雷茨基走过去。她们听不到他说了什么，但是她们看到吉塔听完他的消息后双手掩面，接着她就跑回朋友们的怀抱。

"他还活着！拉莱还活着。"她说，"他说让我告诉你，希尔卡，他在第三十一营房。"

"为什么告诉我？"

"我不知道，但是他说拉莱强调的，一定要让我告诉你。"

"她能做什么？"丹娜问。

希尔卡看向别处，拼命地思考着拉莱的用意。

"我不知道。"吉塔说，她现在根本没有心思分析，"我只知道他还活着。"

"希尔卡，你能做什么吗？你能怎么帮他？"丹娜恳求道。

"我会想想的。"希尔卡说。

"他还活着。我的爱人还活着。"吉塔重复着说。

那晚，希尔卡躺在施瓦茨休伯的怀里。她知道他还没睡着。她张开嘴刚想说些什么的时候，他从她身下抽出胳膊，她就又沉默了。

"你还好吗？"她试探性地问，担心她问这样亲密的问题会引起他的怀疑。

"还好。"

他的声音里透露出之前从未有过的温柔，这让希尔卡鼓起勇气接着说："我从未对你说过不，是不是？我之前也从来没问你要过什么？"她再一次试探地问。

"这倒是真的。"他回答道。

"那我能求你一件事吗？"

拉莱挺过了第二天。他出了份力，帮着带回了一名被枪杀的人的尸体。他恨自己只想着这给他带来的痛苦，而对死者几乎没有任何同情之心。**我这是怎么了？** 每走一步，肩膀的疼痛都要把

157

他击垮。**坚持，坚持到底。**

他们走进营地的时候，有两个人站在分隔囚犯和员工宿舍的篱笆外面，这吸引了拉莱的注意。身材矮小的希尔卡站在施瓦茨休伯身边。有名看守正在篱笆旁拉莱的这一侧和他们交谈。拉莱停下脚步，松了松他紧抓住尸体的手，这让抬着尸体另一边的因犯没站稳而摔倒在地。拉莱看着希尔卡，她回看了一眼，然后对施瓦茨休伯说了些什么。他点点头，指向拉莱。希尔卡和施瓦茨休伯离开了，随即看守朝拉莱走来。

"跟我来。"

拉莱把他一直抬在手里的尸体的双腿放在地面上，他第一次看到了死者的脸。他的同情心再一次涌上心头，他低头向这个悲惨的结局致意。他对抬着尸体的另一个男人投去抱歉的目光，然后赶紧跟上看守，留下第三十一营房其他人盯着他的目光。

看守告诉拉莱："我接到指示带你回吉卜赛营里你之前的房间。"

"我认得路。"

"那你自便。"看守离开了他。

拉莱在吉卜赛营外面驻足，看着孩子们跑来跑去。他们之中有几个看着他，不敢相信他回到这里的事实。他们被告知，文身师已经死了。其中一个孩子跑向拉莱，两只胳膊环抱在他腰间紧紧抱住他，欢迎他"回家"。其他孩子也跑过来，过了一会儿，大人们从营房里出来迎接他。"你去哪儿了?"他们问，"你受伤了吗?"他回避了所有的问题。

娜德雅站在大家身后。拉莱和她双目相接，他从男人、女人和孩子们中间挤过去，站在她面前。他用手指拂去她脸颊上的泪水。"见到你真好，娜德雅。"

"我们很想你。我很想你。"

拉莱能做的只有点头。他需要赶快离开大家，免得情绪失控。他冲向他的房间，把自己关在世界之外，躺在自己之前的床上。

第二十一章

"你确定你不是一只猫?"

拉莱听到这句话,想要弄清楚自己正在哪里。他睁开睡眼,看到咧着嘴笑的巴雷茨基正斜靠在他身边。

"你说什么?"

"你一定是只猫,因为你比这里的其他人多了好几条命。"

拉莱挣扎着坐起来。

"那是因为……"

"希尔卡,是的,我知道。高层有朋友的感觉一定很好。"

"如果用我的命能换来不需要这种朋友的机会,那我很乐意。"

"你确实差点没命了,但那也并非能帮到她。"

"是的,对这种情况我也无能为力。"

巴雷茨基笑着说:"你真的以为你能在这些营地里为所欲为?见了鬼了,或许你可以。你还活着,但你不应该活着。你是怎么从第十一营房出来的?"

"我不知道。他们带我出去的时候，我以为自己是要去黑墙，但后来我被扔进一辆卡车，又被带回了这里。"

"我还不知道谁能活着从惩罚队[1]里走出来，干得不错。"巴雷茨基说。

"我倒是不介意创造这样的历史。我是怎么住回老房间的？"

"这个简单。因为它和工作是一体的。"

"什么意思？"

"你是文身师，我只能说，感谢上帝。代替你的太监跟你可没法比。"

"霍斯特克同意我回来工作？"

"如果是我的话，我不会去任何靠近他的地方的。他不想让你回来；他想让你被枪击。是施瓦茨休伯对你有其他安排。"

"我至少要给希尔卡弄到些巧克力。"

"文身师，不要。你会受到很严密的监视。现在走吧，我带你去干活。"

他们一起离开房间，拉莱说："我很抱歉没能帮你弄到你想要的尼龙丝袜。我都安排好了，但计划不抵变化快。"

"嗯，好吧，至少你试了。不管怎样吧，她不再是我女朋友了。她把我甩了。"

"我很抱歉。我希望这不是因为我之前建议你跟她说的一些事。"

"我觉得不是。她刚认识了跟她来自同一个镇子——妈的，同一个国家——的人。"

拉莱想再说点什么的，但还是决定闭口不谈。巴雷茨基带他

---

1. 惩罚队（Strafkompanie）和纠察队（Erziehungskompanie）曾驻扎在第十一营房。最初，大多数新进的犹太囚犯和波兰牧师都会被投进惩罚队，这里的受害者人数是最多的。

走出营房进入大院，一车人已经到了，正在接受挑选。看到莱昂正在工作，手忙脚乱地弄掉了文身针，墨水还洒得到处都是，他心里暗自笑了。巴雷茨基晃荡到旁边，拉莱从莱昂身后靠过去。

"需要帮忙吗?"

莱昂转过身，喜出望外。他伸手抓住拉莱，使劲地晃着他的胳膊，还打翻了一瓶墨水。

"看到你真的太好了!"他喊道。

"相信我，我觉得回来真好。你怎么样?"

"小便的时候还是得坐下。其他没什么，都很好。既然你现在回来了，那我就更好了。"

"那我们就继续吧。看起来他们给我们这边送来不少人啊。"

"吉塔知道你回来了吗?"莱昂问道。

"知道的。是她朋友希尔卡把我弄出来的。"

"那个……"

"是的。我明天看看能不能去看她们。给我一根文身针。但愿不要给他们任何借口再把我丢回之前的地方。"

莱昂递过他的文身针，然后在拉莱的包里翻找另一根。他们一起开始工作，给比克瑙的新住户文号码。

第二天下午，拉莱在行政楼外等着女孩们下班。丹娜和吉塔并没看到他，直到他径直站在面前挡住她们的路。她们最初一时没有反应过来，而后两个女孩张开双臂紧紧地抱住他。丹娜哭了。但吉塔没有。拉莱放开她们，抓住她们的手。

"还都是这么漂亮。"他对她们说。

吉塔用另一只空着的手拍打他的胳膊。

"我以为你死了。第二次。我以为我再也见不到你了。"

"我也是。"丹娜说。

"但我还活着。谢谢你，也谢谢希尔卡，我还活着。我现在和你们在一起，在我应该在的地方。"

"但是……"吉塔哭着说。

拉莱拉她到怀里，牢牢地护住她。

丹娜在拉莱脸颊上吻了一下说："你们两个先聊。见到你真是太好了，拉莱。我想如果你再不赶快回来，吉塔会因心碎而死的。"

"谢谢你，丹娜。"拉莱说，"你是个好朋友，对我们两个来说都是。"

她走开了，脸上一直挂着笑容。

数百个囚犯在大院周围闲转，拉莱和吉塔站在那里，不知道接下来要做什么。

"闭上眼睛。"拉莱说。

"干什么？"

"闭上眼睛，然后数到十。"

"但是——"

"听我的。"

吉塔按他说的闭上一只眼睛，又闭上另一只。她数到十，睁开眼睛。"我不明白。"

"我还在这里。我再也不会离开你了。"

"走吧，我们得走了。"她对他说。

他们走向女子营地。拉莱身上没什么能贿赂卡波的，所以不能冒险让吉塔回去迟了。他们轻轻地靠向彼此。

"我不知道我还能坚持多久。"

"不会永远这样的，亲爱的。坚持下去，请坚持下去。剩下的日子我们就会在一起的。"

"但是——"

"没有但是。我向你保证，我们会离开这里一起生活的。"

"我们要怎么做到？我们无法知道明天会怎么样。看看你遭遇的一切吧。"

"但我现在和你一起在这里，不是吗？"

"拉莱——"

"别说了，吉塔。"

"你会告诉我你发生什么了吗？你去了哪里？"

拉莱摇摇头。"不，我现在回来了，和你在一起。重要的是我跟你讲过很多次的，我们会离开这里，一起过自由的生活。相信我，吉塔，你愿意吗？"

"我愿意。"

拉莱喜欢听到这句话。

"有一天，你会在另一种情境下对我说这几个词的。在拉比面前，在我们家人和朋友面前。"

吉塔咯咯笑，头在他肩上靠了靠。说话间，他们走到了女子营地的入口处。

拉莱走回自己营房，路上有两名年轻人走近他，和他并排往前走。

"你是文身师？"

"是谁在问这个问题？"拉莱说。

"我们听说你可能能给我们弄到额外的吃的。"

"是谁告诉你们的，弄错了。"

"我们能付钱。"其中一个边说边张开他紧握的拳头，亮出一颗很小但很完整的钻石。

拉莱咬紧牙关。

"来吧，拿着。如果你能给我们弄到点吃的，我们会很感激的，先生。"

164

"你们住在哪个营房?"

"九。"

一只猫有几条命?

第二天早上,拉莱在大门口晃荡,手里拿着包。党卫队两次走近他询问。

"政治部。"他每次都这么说,他们也就没管他。但是他比之前更加不安。维克多和尤里从进营地的队伍里走出来,热情地问候拉莱。

"我们能问问你之前去哪儿了吗?"维克多问。

"还是别问了。"拉莱回答道。

"你开始重新做生意了?"

"跟以前不一样。我要缩小规模和范围,好吗?如果可以的话,我只要一点点额外的食物,再也不要什么尼龙长袜了。"

"当然,欢迎回来。"维克多热情地说。

拉莱伸出手,维克多接过来,钻石就这样转手出去了。

"预付定金。明天见?"

"明天见。"

尤里看着他:"再次见到你真好。"他悄悄地说。

"我也一样,尤里。你长胖了吗?"

"是啊,我觉得是的。"

"难道,"拉莱说,"不会你身上正好有巧克力吧?我特别需要多花些时间陪陪我的女朋友。"

尤里从他的包里拿出一大块巧克力递给拉莱,还眨了眨眼睛。

拉莱径直走向女子营地和第二十九营房。卡波在她的老地方晒着太阳。她看见拉莱走过来。

"文身师,再次见到你真好。"她说。

"你是瘦了吗？你看起来很不错。"拉莱略带嘲讽地说。

"你可很久没出现了。"

"现在我回来了。"他把巧克力递给她。

"我帮你叫她。"

他看着她走向行政楼，和楼外的一个女党卫队士兵说话。然后他走进营房，坐下来等待吉塔走过那扇门。他没等很久她就出现了。她关上门走向他。他站起来，斜倚在床铺边。他担心自己需要做些解释，却说不出口，所以尽力控制住自己的表情。

"只要我们想，我们就可以随时随地做爱。我们可能不自由，但我选择现在，选择这里。你觉得怎么样？"

她冲进他怀里，热吻落在他的脸上。他们开始脱衣，拉莱停下来握住吉塔的手。

"你问过我会不会告诉你我消失去了哪里，我说不，记得吗？"

"记得。"

"嗯，我还是不想谈，但是有些东西我没办法瞒着你。现在，你不要害怕，我现在很好，但是我之前挨了点打。"

"让我看看。"

拉莱慢慢脱下衬衫，背对着她。她什么也没说，只是轻轻地用手指抚摸着他背后的伤痕。接着是她嘴唇轻柔地触碰，他知道自己什么都不用再多说了。他们的欢愉缓慢而温柔。他感觉泪水在眼眶打转又强忍了回去。这是他感受过的最深情的爱。

第二十二章

漫长又炎热的夏日里，拉莱不是和吉塔在一起，就是在想着吉塔。他们的工作量并没有减少。恰恰相反，每周都有成千上万的匈牙利犹太人抵达奥斯维辛和比克瑙。结果就是，男子营地和女子营地都爆发了骚动。拉莱弄清楚了这是为什么。一个人胳膊上的号码越大，他就越得不到其他人的尊重。每次一大批其他国籍的人到的时候，随之而来的都是地盘的争夺。吉塔跟他讲了女子营地的情况。斯洛伐克女孩是待得最久的，她们努力争取到了小笔的额外收入，匈牙利女孩对此感到无法接受，而这又让斯洛伐克女孩对她们很不满。吉塔和她的朋友们觉得从她们所经历的事情中幸存下来是应该得到一些回报的。比如说，她们从"加拿大"获得了休闲装，而不用穿给她们准备的蓝白条纹睡衣。所以她们也没准备分享。骚动爆发的时候，党卫队不会偏袒任何一方；所有参与的人都会受到相同且毫无怜悯的惩罚：减掉她们稀少的口粮。她们可能会受到鞭打，有时就挨枪托或手杖捅一下，还有些时候，她们会被毒打，其他囚犯还会被迫在一旁观看。

　　吉塔和丹娜从不参与任何争斗。吉塔在行政楼里的工作，她和看似受到保护的希尔卡之间的友谊，当然还有她文身师男朋友的来访，都给她招来一些小嫉妒，这已经足够让她心烦的了。

　　拉莱也基本上受不到营地纷争的影响。他和莱昂一起工作，身边只有少数其他囚犯和党卫队士兵。上千名快要饿死的人在工作、争斗、活着和死去的泥潭中挣扎，拉莱则远离这个漩涡。和罗姆人住在一起也给他带来一丝安全感和归属感。他意识到自己当前的生活状态比绝大多数人所处的境遇要舒适得多。他必须工作的时候就去工作，只要空闲下来他都会和吉塔在一起，和罗姆孩子们一起玩，和他们的父母聊天——大多数都是年轻的男人，也有年长的女人。他们关心每个人，不仅仅出于血亲的考虑，这点让他很欣赏。他和年长的男人们相处得一般，他们大多时候就是坐在一旁，不参与孩子们、年轻人或是年长女人们的活动。他看着他们的时候总能想起自己的父亲。

　　一天深夜，拉莱被大声叫嚷的党卫队、狂吠乱叫的狗、尖叫的女人和孩子吵醒。他拉开门向外看，看见营房里的男人、女人和孩子被押出楼栋。他看着最后一个女人紧抱着一个婴儿，被粗鲁地推入夜色。他跟着他们走到外面，十分震惊地站在那里，因为他周围所有的吉卜赛营地都被清空了。成千上万的人被塞进停在旁边的卡车里。大院里灯火通明，几十个党卫队士兵带着他们的狗驱赶着人群，但凡谁没马上按照指令做，就会被开枪打死。"上车！"

　　拉莱拦住一个路过的他认识的军官。"你们要把他们带去哪儿？"他问。

　　"你想加入他们吗，文身师？"那人回答，然后继续往前走。

拉莱被黑暗吞没，扫视着走动的人群。他看见娜德雅就朝她跑过去。"娜德雅。"他恳求道，"别走。"

她挤出一个看起来很勇敢的微笑："拉莱，我别无选择。我的族人去哪里我就去哪里。再见了，我的朋友，过去很……"在她说完之前就被一名军官推走了。

拉莱呆呆地站在那里，一直看着最后一个人也被装上卡车。卡车驶离后，他慢慢走回到格外寂静的营房。他回到床上，却再也无法入睡。

早上，新运来的囚犯到了。心烦意乱的拉莱和莱昂一起拼命地工作。

门格勒扫视着沉默无声的队伍，慢慢走向文身站。他的到来让莱昂双手发抖。拉莱看了他一眼试着让他安心。但那个阉割他的混蛋只离他几步远。门格勒停下来看着他们工作。偶尔他会仔细盯着一个文身看，这让拉莱和莱昂更加不安。他脸上始终挂着那致命又阴险的笑容。他想要和拉莱有眼神接触，但拉莱始终低垂着眼，绝不高过他正在文的手臂。

"文身师，文身师。"门格勒斜靠在桌子边上说，"没准今天我就会带你走。"他歪着头满脸好奇，看起来很享受拉莱的局促不安。他找完乐子就缓步走开了。

不知道什么东西轻轻飘到拉莱头顶上，他抬头往上看。燃尽的灰尘正从附近的焚尸炉向外喷涌。他不禁浑身颤抖，文身针也掉落在地。莱昂想要稳住他。

"拉莱，那是什么？你怎么了？"

拉莱想要尖叫，但声音被哽咽卡在咽喉处，所以他呜咽着说："你们这帮混蛋，他妈的混蛋！"

莱昂抓住拉莱的胳膊，试着让他控制住自己的情绪。门格勒看向他们这边，就又往回走了过来。拉莱看起来愤怒至极。他失控了。**娜德雅**。他拼命试着按捺住自己的情绪。这时，门格勒走到他面前。他感觉自己简直要呕吐出来。

门格勒的呼吸拂过他的脸。"这里的一切都还顺利吗？"

"是的，医生先生，一切都很好。"莱昂颤抖着回答道。

莱昂弯下腰捡起拉莱的文身针。

"就是摔断了根针。我们会修好它然后马上继续工作。"莱昂接着说。

"但你看起来不太好啊，文身师。你想让我帮你看看吗？"门格勒问。

"我很好，就是断了根针。"拉莱咳嗽着说。他还是低着头，转过身准备继续干活。

"文身师！"门格勒大吼道。

拉莱转过来对着门格勒，咬紧牙关却依然低着头。门格勒从枪套里掏出手枪，随意地拿在身边摆弄。

"你刚刚转过身去对着我，我本可以开枪打死你。"他举起枪指着拉莱的额头，"看着我。我现在可以打死你。你觉得这主意怎么样？"

拉莱抬起头，目光盯着门格勒的前额，没看他的眼睛。"是的，医生先生。我很抱歉，这样的事再也不会发生了，医生先生。"他低声说。

"回去干活吧。你已经落下了进度。"门格勒厉声说，便再一次走开了。拉莱看着莱昂，指着落满他们周围的灰烬。

"他们昨晚清空了吉卜赛营。"

莱昂把文身针递给拉莱，然后自己回去干活，一言不发。拉莱抬头看，想寻找可以照耀他周身的太阳。但是它被灰烬和烟雾所遮挡。

那天晚上他回到自己的营房，现在这里住满了他和莱昂之前文过号码的人。他把自己关在房间里。他不想交朋友。今晚不想。永远都不想。他只想默默地待在自己的营房里。

第二十三章

　　几个星期以来，拉莱和吉塔在一起的时候大都很沉默，她试着安慰他却都是徒劳。他告诉她发生了什么事，她也明白他的痛苦，但毕竟不能感同身受。她从来都不了解拉莱的"其他家人"，而这也不是她的错误。她曾经很高兴听他讲关于孩子们的故事，他们没有玩具却想尽办法玩，用雪或碎布条做成球来踢，看谁跳得最高能碰到他们楼栋顶上的木梁，大多时候他们就是互相追逐。她想听他讲讲他的血亲家人，但是拉莱固执地不肯说，如果她不讲她自己的生活，他也不会再和她分享更多有关家人的事。吉塔不知道她该怎样帮他从悲伤的情绪中抽离出来。将近三年以来，他们都目睹了人性最恶的一面。但这是她第一次看到拉莱陷入如此之深的沮丧。"那成千上万的我们自己人呢？"她有一天冲着他大吼。"那些你在奥斯维辛看到的那些人呢，和门格勒在一起的那些？你知道这两个营地见证了多少人的生死吗？**你知道吗？**"拉莱默不作声。"我看见了写着名字和年龄的卡片——婴儿，祖父母——

172

我看见了他们的名字和他们的号码。我数数都数不到那么大。"

拉莱不需要吉塔提醒他集中营中迎来送往了多少人。他亲自标记了他们的皮肤。他看着她；她正在盯着地面。他意识到这些人对他来说是号码，而对吉塔来说，他们是名字。她的工作意味着她比他更加了解这些人。她知道他们的名字和年龄，他也意识到，这样的了解将会永远如噩梦般困扰着她。

"对不起，你说得对。"他说，"任何人都不该死。我会尽量不那么悲观。"

"我想让你和我在一起的时候就做你自己，但是你这样子太久了，拉莱，一天的时间对我们来说都很久。"

"聪慧，漂亮。我永远都不会忘记他们的，你知道吗？"

"如果你忘了，我就不会爱你了。他们曾是你的家人，我是知道的。我知道我说这话会很奇怪，但是你活着，从这里活着出去，告诉世界这里发生了什么，才是对他们最好的纪念。"

拉莱倾身亲吻她，满心爱与悲伤。

不远处突然响起一声巨大的爆炸声，他们脚下的地面都颤了颤。他们从行政楼后面赶快跑到楼前。第二声巨大的爆炸声引他们看向附近的焚尸炉，那里烟雾腾空而起，骚乱爆发了。特遣队员从楼里跑出来，大都跑向营地周围的栅栏。炮火从焚尸炉顶端炸开。拉莱抬头看，发现特遣队在上面疯狂地射击。党卫队使用重机枪回击。几分钟之内他们就平定了这场叛乱。

"发生什么了？"吉塔说。

"我也不知道。我们得去室内。"

子弹纷纷落到他们附近的地面上，党卫队扫射他们目光所及的所有人。拉莱搂着吉塔紧贴着一栋楼。另一声爆炸声响起。

"那是四号焚尸炉——有人炸了它。我们得从这儿出去。"

囚犯们从行政楼里跑出来，却都被子弹当场射死。

"我得把你送回你的营房。你只有在那里才是安全的。"

喇叭里传来通告："所有囚犯返回自己的营房。即刻返回不会遭到枪击。"

"走，快点。"

"我害怕，你带我走。"她喊道。

"你今晚在自己的营房会更安全。他们肯定会点名的。亲爱的，你不能在营房外面被抓住。"

她犹豫不定。

"现在快走。今晚待在营房，明天正常去工作。你不能给他们机会去抓你。明天你一定要醒过来。"

她深吸了一口气然后转身跑开。

分别的时候拉莱说："我明天会去找你的。我爱你。"

那天晚上，拉莱打破了自己定下的规则，加入了营房里的男人们，他们大多数都是匈牙利人。他想尽量弄清楚下午事件的前因后果。在附近弹药厂工作的几个女人偷了少量的火药藏在指甲里回到比克瑙，她们把火药带给特遣队，他们用沙丁鱼罐做成了粗制手榴弹。他们还私藏了类似轻武器、小刀、斧子这类武器。

拉莱营房的男人们还告诉他有关起义的传闻，他们本想要参加，但没想到今天就发生了。他们听说苏联人正在向这边进发，起义的目的是配合他们的到来，帮助他们解放集中营。拉莱后悔没早些结交营房里的这些朋友。没提前得知消息差点害死了吉塔。他又问了大家他们对苏联军队都了解些什么，他们大概什么时候会到。回答都是模棱两可的，但是已经足以带来一丝乐观的情绪。

距离美国飞机从营地上空飞过已经过去了几个月。那之后一直有人被运送至此，纳粹机器屠杀犹太人和其他民族的热情丝毫没有减退。但是，最新运到这里的人和外界保持着最近的联系。

174

或许解放即将到来。他决定告诉吉塔他打听到的所有信息，告诉她在办公室要保持警惕，尽她所能收集各方信息。

最终，有了一线希望。

第二十四章

　　这个秋天寒冷刺骨。很多人没能挺过去。拉莱和吉塔抱着他们的一线希望仍在坚持着。吉塔和她营房的伙伴们讲了有关苏军的传闻，鼓励她们要相信她们能够活着离开奥斯维辛。1945 年伊始，气温骤降。面对士气消退，吉塔也很无力。她们是在被遗忘的奥斯维辛-比克瑙里又挨过了一年的俘房，"加拿大"的保暖外套也不能将彻骨的寒冷和恐惧从她们身上赶出去。运来的人减少了。这对那些为党卫队工作的人来说产生了负面影响，尤其是特遣队。工作量的减少让他们自己身处被处死的危险之中。至于拉莱，他已经积累了一些储备，但是他的货币供应也大大缩减了。当地人，包括维克多和尤里，已经不再来干活了。施工已经停止。拉莱得到可靠消息称抵抗斗争中炸毁的两座焚尸炉不会被修复。这是拉莱记忆之中第一次，离开比克瑙的人比到来的人数更多。吉塔和她的同事轮流处理那些运出营地的囚犯信息，据说他们是要被送去其他集中营。

　　1 月下旬的某一天，地面上的积雪已经很厚了。拉莱被告知莱昂已经"走了"。他和巴雷茨基一起走路的时候，他问他是否知晓他去了哪里。巴雷茨基不知道，还提醒拉莱他也可能会被送出比克瑙。但是大多数时候，拉莱的行动不受监视。他不需要参加每天早晨和晚上的点名。他希望这能让他继续留在比克瑙，但是他不确定吉塔是否也能留下。巴雷茨基依旧阴险地笑。莱昂或许已经死亡的消息让拉莱内心某处不自知的疼痛再次隐隐发作。

"你看到你的世界是镜中反射的模样，而我有另一面镜子。"拉莱说。

巴雷茨基停下脚步。他看着拉莱，拉莱也盯着他。

"我看我的镜子。"拉莱说，"我看到的世界会摧毁你们的。"

巴雷茨基笑着说："那你认为你会活着看到吗？"

"是的，我会的。"

巴雷茨基把手放在套着枪套的手枪上。"我现在就能打碎你的镜子。"

"你不会那样做的。"

"你在外面冻得太久了，文身师。去吧，找个暖和的地方恢复正常一点。"巴雷茨基说完便走开了。

拉莱看着他离开。他知道如果他们要是在黑暗的夜晚里相遇，两个人平等相对，那么他才是那个转身离开的人。结束这个人的生命，拉莱毫不内疚。对此他很有发言权。

1月下旬的某个早上，吉塔在雪地里跟跟跄跄地往拉莱的营房跑，而他曾告诉她千万不要靠近这里。

"有事发生了。"她喊道。

"什么意思？"

"党卫队，他们表现得很奇怪。他们似乎很恐慌。"

"丹娜呢？"拉莱关切地问道。

"我不知道。"

"找到她然后回到你们的营房，一直待到我来找你们。"

"我想和你在一起。"

拉莱把她从自己身上拉下来，伸直胳膊握住她的双臂。

"快点，吉塔，去找丹娜然后回到你们的营房。可以的时候我会来找你们的。我要去弄清楚发生了什么。已经好几个星期没有新人来了。这可能是一切都要结束的信号。"

她转过身，不情愿地离开拉莱。

他走到行政楼，小心翼翼地进到办公室，这里对他来说太过于熟悉，几年来他都在这里接受供给和指令。屋里，一片混乱。党卫队正在朝着受惊吓的办公人员大吼大叫，她们缩在桌前，党卫队把书、卡片和文书扫了一地。一个党卫队工作人员从拉莱身旁匆忙而过，她的手上都是文件和账本。他和她撞了个满怀，她手上拿的东西撒了一地。

"对不起。来，我来帮你。"他们都弯腰捡文件。

"你还好吗?"他尽量温柔地说。

"我想你大概要失业了，文身师。"

"为什么? 现在这是怎么了?"

她靠近拉莱，小声说："我们要清空营地，从明天开始。"

拉莱的心脏怦怦直跳。"你能告诉我什么? 拜托了。"

"苏联人，他们很快就会到。"

拉莱从行政楼出来跑去女子营地。第二十九营房大门紧闭。外面没有看守，拉莱看见女人们挤在里面。甚至连希尔卡都在这里。她们聚在他周围，瑟瑟发抖，一个个都满脸疑惑。

"我能告诉你们的就是党卫队似乎在销毁记录。"拉莱说，"其中一个人告诉我苏联人正在来的路上。"他没有讲营地明天就要被清空的消息，因为他不想引起更大的恐慌，毕竟他也不知道接下来要去哪里。

"那你觉得党卫队会拿我们怎么办？"丹娜问。

"我不知道。让我们期盼他们会自己跑掉，让苏联人解放营地吧。我会想办法问出更多消息的。我会回来告诉你们我知道的事。别离开营房。外面肯定有些喜欢没事乱开枪的看守。"

他握住丹娜的双手。"丹娜，我不知道接下来会发生什么，但既然现在有机会，我想对你说，你成为吉塔的朋友，我永远感激。我知道你在她很多次想要放弃的时候帮她撑过去。"

他们拥抱。拉莱亲吻她的额头，然后把她交给吉塔。他转向希尔卡和伊凡娜，给她们一个紧紧的拥抱。

他对希尔卡说："你是我见过的最勇敢的人。对于这里发生的一切，你千万不要心生愧疚。你是无辜的——记住这一点。"

她啜泣着回答："我做了我必须做的事，我是为了活下来。如果我不这样做，会有其他人也要落在那禽兽的手里。"

"你救了我的命，希尔卡，我永远都会记得的。"

他又转身对着吉塔。

"什么也别说。"她说，"你一个字都不许说。"

"吉塔……"

"不要。你什么都不要对我说，除非你明天来见我。那是我最想从你这里听到的消息。"

拉莱看着这些年轻的女人，意识到自己没什么要说的了。她们被带到这个营地的时候都是女孩子，而现在——她们中还没有人到二十一岁——她们却已经是破碎的、受伤的年轻女人。他知道她们永远都不会成为她们原本成为的样子。她们的未来已经脱离了原来的轨道，再也无法回归到之前的轨迹。她们曾经憧憬的一切，作为女儿、姐妹、妻子、母亲、工人、旅人和爱人，都被她们见证和忍受的遭遇所玷污。

他离开她们去找巴雷茨基，还要打听一下第二天会怎么样。到处到找不到军官。拉莱拖着步伐走回他的营房，匈牙利男人们看上去忧心忡忡。他告诉他们他知道的事，但这也带不来什么宽慰。

晚上，党卫队军官挨个进到女子营地的每个营房，在每个女孩的衣服背后都画了一道鲜红的斜线。女人们再一次被标记，等待着前面不可知的命运。吉塔、丹娜、希尔卡和伊凡娜看到她们几个的标记没什么差别，都松了口气。无论明天将要发生什么，她们都一起面对——一起活着或一起死去。

晚上不知道什么时候，拉莱才辗转入睡。他被一场喧嚣的骚动吵醒。过了片刻，吵闹声才让他从昏昏沉沉中清醒过来。罗姆人被带走那晚的记忆再一次涌上心头。新的恐怖又是什么呢？步枪射击的声音完全震醒了他。他匆忙穿上鞋子，在肩膀上盖了条毛毯，小心翼翼地走出门。成千上万名女囚犯被赶进队伍。场面明显很混乱，好像看守和囚犯都不清楚这是在做什么。党卫队并没注意到拉莱在队伍里匆匆穿梭，女人们因寒冷和对未来的恐惧而抱成一团。雪依旧在下。逃跑是不可能的。拉莱看到一只狗咬住一个女人的腿，她倒在地上。一位朋友正要弯腰帮她站起来，但拽着狗的党卫队军官掏出手枪打死了那个摔倒的女人。

拉莱赶快往前走，继续在队伍里找着，绝望地找着。最后他看到了她。吉塔和她的朋友们正被推向大门，她们相互搀扶依偎，但他没看到希尔卡，在人群中也没找到她。他又重新看向吉塔。她低着头。拉莱从她肩膀的动作能看出来她在抽泣。**最终她还是哭了，我却无法安慰她。**丹娜看到了他。她拉着吉塔走到队伍外面，给她指着拉莱的方向。吉塔终于抬起头看到了他。他们四目相对，她的双眼泪水模糊，满是恳求，而他的充满悲伤。拉莱紧盯着吉塔，没注意到党卫队正在靠近。他没办法从指着他的枪下逃脱，枪口顶着他的脸，他被迫跪倒在地。吉塔和丹娜尖叫着想要挤过女子队伍回去却无济于事。她们随着攒动的人流被推挤到门外。拉莱挣扎着站起来，鲜血从脸上流淌下来，右眼上方有个很大的伤口。他心急如焚，不顾一切地挤进移动的人群，在一排一排心慌不安的女人里寻找吉塔。靠近大门口的时候，他又看到了她——只有一臂的距离。一个警卫站到他面前，用枪口顶在拉莱胸前。

"**吉塔**！"他尖叫道。

拉莱感到天旋地转。他抬头看着天空，天刚刚亮，却看起来愈加黑暗。在吼叫的警卫和狂叫的警犬的声音中，他听见了她的声音。

"弗曼。我叫吉塔·弗曼！"

警卫站在那里纹丝不动，拉莱屈膝跪在地上喊道："我爱你。"

没有听到回应。拉莱仍然跪着。那个警卫走开了。女人们的叫喊已经停止。警犬也不再吠叫。

比克瑙的大门都关上了。

拉莱跪在雪地里，雪仍然飘得很大。他前额伤口流出的血液淌满了整张脸。他被关在里面，独自一人。他被丢下了。一个军官走到他身旁。"你会冻死的。走吧，回你的营房。"

他伸出一只手将拉莱拉起身。最后时刻的善行来自敌人。

第二天早上，炮火和爆炸声叫醒了拉莱。他和匈牙利人冲到外面，见到的是惊慌失措的党卫队，四处跑动的囚犯和俘虏，他们似乎谁都不在意谁。

大门都是敞开的。

数百个囚犯从中走过，毫无阻拦。有些人因营养不良而昏沉恍惚、虚弱不堪，他们跌跌撞撞地走了几步就又选择返回到自己的营房以抵御外面彻骨的寒冷。拉莱穿过之前去奥斯维辛走过上百次的大门。一列火车停在附近，朝天空喷着烟雾，正准备驶离这里。警卫和警犬正把人围起来，推搡着他们上火车。拉莱被推进混乱的人群，爬上火车。他挤到边上朝车外看。上百个囚犯还在漫无目的地瞎逛。火车开走之后，他看见党卫队朝那些留下的人开火。

他站在那里，透过着车厢木板条的空隙盯着外面看，雪还在肆无忌惮地下着，冷酷无情地下着。渐渐地，比克瑙消失在视线中。

第二十五章

　　吉塔和她的朋友们，和其他上千个从奥斯维辛和比克瑙出来的女人们一起，沿着一条积雪过膝的窄路向前跋涉。吉塔和丹娜尽可能小心地在队伍里寻找希尔卡，她们很清楚地知道掉下队伍就会吃子弹。她们问了上百次"你见到希尔卡了吗？你见过伊凡娜吗？"，答案总是相同的。女人们互相挽着胳膊相互扶持。过了说不上多久，她们会被允许停下来休息。尽管很冷，她们还是会坐在雪地里，这样能让她们的脚放松一些。继续前进的命令下达下来，许多人依然坐在原地，已经死亡或只剩下一口气，她们没力气再往前多走一步。

　　天色渐暗，她们还在往前走。她们的人数逐渐减少，这只会使她们更难逃脱党卫队监视的目光。到了晚上，丹娜跪倒在地。她再也走不动了。吉塔停下来陪她，有一小会儿她们淹没在女人中间，暂时不会被发觉。丹娜一直让吉塔继续往前走，不要管她。吉塔不同意。丹娜宁愿和朋友死在这里，死在某片波兰的土地上。四个年轻的女孩想要帮忙搀着丹娜。丹娜不听她们的。丹娜告诉她们带上吉塔往前走。一个党卫队军官朝她们走来，四个女孩拉起吉塔，拖着她往前走。吉塔朝后看，见到军官停在丹娜身边，但没掏出手枪。没听到枪击声。显然，他以为她已经死了。女孩们还在拖着吉塔往前走。她们不会放开她的，即便她试图摆脱她们跑回丹娜身边。

女人们继续在黑暗中跟跟跄跄向前行进。乱枪射击甚至都不能引起她们的注意。她们不再回头看是谁又倒下了。

天亮的时候，她们被带到一片挨着火车铁轨的田间停下来。旁边是一节火车头和几节运牲畜的车厢。**它们带我来了这里。现在它们要带我离开**，吉塔心想。

她了解到和她一起走的四个女孩是波兰人，但不是犹太人。不知道出于什么原因，波兰女孩被迫和她们的家人分离。她们来自四个不同的镇子，在到比克瑙之前她们并不认识。

田野间有一间孤零零的房子。那后面是茂密的森林。党卫队吼着命令，而这时火车也加满了煤。波兰女孩们看向吉塔。其中一位说："我们想跑去那间房子。如果我们被枪杀了，那我们就死在这里，我们不想再往前走了。你想跟我们一起吗？"

吉塔站起来。

女孩们头也不回地开始奔跑。把数千个精疲力竭的女人运上火车让警卫们无暇顾及其他。她们跑到房子之前，门就已经打开了。进了房间，她们倒在一堆烧得很旺的火堆前，紧张激动和如释重负的情绪不停翻涌。热饮和面包被递到她们手里。波兰女孩们拼命地跟房主讲这一切，而他们摇摇头表示难以置信。吉塔什么都没说，她不想让她的口音暴露她不是波兰人的事实。最好让这些救了她们的人认为她是其中之一——安静的那一个。房子的男主人告诉她们不能留在这里，因为德国人时不时会来搜查这处房子。他让她们脱掉外套，然后拿着它们去了屋子后面。他再回来的时候，衣服上的红色斜线不见了，衣服闻起来都是汽油味。

她们听到外面不住地响着枪声，从窗帘瞥出去，她们看见所有幸存的女人都被塞进车厢。尸体四散倒在车轨附近的雪地上。男人递给女孩子们一个地址，是他隔壁村子里的亲戚家，还为她们准备了面包和毛毯。她们离开房子走进树林。她们蜷缩在一起互相取暖，就这样瑟缩着在冰冷的土地上度过了那一晚。光秃秃的树木几乎起不到任何掩护的作用，挡不住发现她们的视线，也挡不住这寒冬的肃杀。

　　她们还没抵达下一个村庄的时候太阳就已经落山了。幽暗的路灯投出半明半暗的光。她们只能向路人寻求帮助，希望能找到被告知的地址。善良的妇人带着她们走到她们想找的房子前，敲门的时候也陪着她等在一旁。

　　"照顾好她们。"门开了，她说了这句话便离开了。

　　一位女人站在一旁，让女孩子们进了她的家。门一关，她们就向她解释是谁送她们来了这里。

　　"你们知道刚才那人是谁吗？"女人紧张地问。

　　"不知道。"一个女孩回答。

　　"她是党卫队的。还是个高级军官。"

　　"那你觉得她知道我们是谁吗？"

　　"她又不傻。我听说她是集中营里最残忍的人之一。"

　　一位年长的妇人从厨房里出来。

　　"妈妈，我们有客人了。这些可怜的家伙从一个集中营里逃了出来。我们要给她们准备些热食。"

　　年长的妇人看见女孩子们先是吓了一跳，接着就带她们进了厨房，安排她们坐在桌边。吉塔不记得自己上一次坐在厨房桌边的椅子上是什么时候了。老妇人从炉子里给她们舀了热汤，然后问了一连串问题。房主认为她们待在这里并不安全。她们害怕党卫队军官会向上汇报女孩们的行踪。

老妇人借故出了门。过了不久，她带了一位邻居回来。她的房子屋顶有个隔间，地下还有个地窖。她愿意让她们五个人住在屋顶。屋里燃烧的壁炉会让顶上的温度比地窖高一些。但是她们白天不能待在房子里，毕竟每间房子随时都会被德军搜查，即便他们现在似乎在撤退。

吉塔和她的四个波兰朋友每天晚上都睡在屋顶的隔间里，白天就藏进附近的树林。这个消息传遍了小村庄，当地牧师让他的教区居民每天都来给她们的房主送食物。过了几星期，剩下的德国人被步步逼近的苏军打得四散溃逃。有些苏军就驻扎在吉塔她们睡觉地方的正对面。一天早上，女孩们出门去树林的时间比平时晚了些，她们被一名在楼外看守的苏军拦住。她们给他看了她们胳膊上的文身，试着和他解释她们曾经在哪里，现在又为什么在这里。他很同情她们的遭遇，提出在楼外安排一名看守。这就意味着她们白天不再需要躲在树林里了。她们居住的地方不再是闭口不谈的秘密。士兵来回巡逻的时候也会冲她微笑或是挥手示意。

一天，其中一名士兵问了吉塔一个很直接的问题。她的回答让他立即认出她并不是波兰人。她告诉他自己来自斯洛伐克。那晚，他上门拜访，还介绍了另一位身穿苏军制服的同样来自斯洛伐克的年轻男人给她。他们两人聊到深夜。

女孩们期待着能继续保持好运，夜里能一直在炉火边取暖。这让她们已经很知足了。一天晚上，前门突然被推开，一名醉酒的苏联人闯了进来。女孩子们措手不及，她们看见门外的"看守"躺在外面昏迷不醒。闯进来的人挥着手枪，挑出一个女孩想要扒掉她的衣服。同时他伸手解下他的裤子。吉塔和其他女孩子吓得尖叫。几个苏联士兵很快冲进房间，看见他们的同伴正趴在一个女孩身上，他们其中一个人掏出手枪开枪打爆了他的头。他和他的同伴把差点成为强奸犯的人拖出房间，连声向她们道歉。

女孩子们满心惊惶恐惧，她们决定继续往前走。其中一个女孩有一个住在克拉科夫[1]的妹妹。也许她还住在那里。由于前一天晚上的侵扰，苏联人为了凸显道歉的诚意，一名苏军高级军官安排了一名司机和一辆小卡车送她们去克拉科夫。

她们找到了女孩的妹妹，她依然住在杂货店楼上的小公寓里。公寓里挤满了人，之前逃离这座城市的朋友现在回来了，却都无家可归。大家都没有钱。为了勉强过活，她们每天都去市场逛，每人偷一样吃的。她们就用这些偷来的东西做一顿晚饭。

有一天在市场里，吉塔留意到一名正在卸货的卡车司机说的是她的母语。她从他那里得知每周都有几辆卡车从布拉迪斯拉发开到克拉科夫，运来新鲜的水果和蔬菜。他答应她顺路把她带回去。她跑回去告诉和她一起生活的人，她即将要离开。与一起逃出魔窟的四个朋友告别是件非常困难的事。她们送她到市场，挥手告别。卡车载着她和她的另外两名同胞一起离开，前往充满未知的方向。她早已接受的是，自己的父母和两个妹妹已经离开了，但是她祈祷至少能有一个兄弟可以幸存下来。成为游击队的一员和苏军并肩作战或许能保护他们的安全。

吉塔到了布拉迪斯拉发，和在克拉科夫一样，她与其他集中营幸存者一起住在拥挤的公寓里。她向红十字会登记了名字和地址，得知所有返乡的囚犯都需要这样做，希望能够帮他们找到遗

---

1. 克拉科夫（Kraków）是波兰南部最大的工业城市，波兰第三大城市，历史上波兰的故都。在德国占领波兰之前，克拉科夫是欧洲大陆上对犹太人开放最早、开放度最大的地区之一。

失的亲戚和朋友。

一天下午，她从公寓窗户向外看，瞧见两名年轻的苏联士兵跳过后面的栅栏进到她住的地方。她很害怕，但当他们走近后，她认出这是她的两个兄弟，多度和拉特洛。她跑下楼推开门，用力地拥抱他们。他们不敢留下来。他们告诉她，尽管苏联人从德国人手中解放了这个镇子，当地人对穿着苏军制服的人还是心存怀疑。吉塔不想破坏他们重聚的短暂的幸福，没告诉他们她所了解的家里的事。他们很快也会知道的。这也不是在这几分钟里需要说的事。

他们分别之前，吉塔告诉他们她曾经也穿过苏军制服：那是她到达奥斯维辛穿的第一件衣服。她说她穿起来比他们好看，他们都笑了。

第二十六章

拉莱坐的火车穿过乡间。他斜靠在车厢之间的隔墙边，随手摆弄着裤子内侧绑着的两个小袋子，里面装着他冒着风险带在身上的宝石。他把大部分宝石都留在床垫底下。谁去搜查他的房间就归谁了。

那天晚上火车嘎吱嘎吱地停下来，提着枪的党卫队命令所有人从车上爬下来。这一幕正如他们三年前在比克瑙经历的一样。另一座集中营。拉莱车厢里的另一个男人和他一起跳下车。

"我知道这里。我之前来过。"

"是吗?"拉莱说。

"毛特豪森[1]，在奥地利。没有比克瑙那么可怕，但也差不了多少。"

1.毛特豪森集中营位于奥地利，始建于1938年8月，于1945年5月被解放。这座集中营及奥地利其他地区的49座附属集中营共囚禁过20万人，有10万人被迫害致死，其中包括至少5名中国人。

"我是拉莱。"

"约瑟夫，见到你很高兴。"

所有人都下车之后，党卫队驱赶着他们进了营地，告诉他们自己去找个地方睡觉。拉莱跟着约瑟夫进了一个营房。这里的人都快饿死了——皮包骨头——但他们还是有力气守着自己的地盘。

"滚开，这里没地方了。"

一个男人占着一张床铺，每个人都宣示着对自己地盘的主权，看起来随时会出手捍卫它。另外两个营房也是同样的情况。最后，他们找到了一个还有空处的营房，占据了他们自己的地盘。其他人进到这里找睡觉的地方时，他们就喊出之前的招呼："滚开，我们这儿满了。"

第二天早上，拉莱看到附近营房的人在排队。他意识到自己将要被脱衣搜身，被询问"你是谁""你从哪里来"。再一次。他从宝石袋里拿出三颗最大的钻石放进嘴里。其他人还在忙着站队集合，他冲到营房最后面把剩下的宝石散放在那儿。站成一排的裸身男人们开始接受检查。他看着看守扒开站在他前面那些人的嘴巴检查，所以他就把钻石卷到舌头下面。检查的人还没碰到他的时候，他就张开了嘴。他们随便看了一眼就走了过去。

几个星期过去了，拉莱和其他囚犯每天坐在一旁，几乎什么都不用做。他能做的就只是观察，特别是对看守他们的党卫队，他尝试弄清楚谁是可以接近而谁是必须远离的。他开始时不时地和其中一个聊天。那个看守对于拉莱能讲流利的德语很是惊喜。他听说过有关奥斯维辛和比克瑙的事，但从没去过那里，所以他很想听拉莱讲一讲。拉莱讲了一些跟事实完全不一样的事。告诉这个德国人囚犯在奥斯维辛和比克瑙的实情，这对他来说毫无意义。拉莱告诉他自己在那里是做什么的，有多么喜欢工作，而不是闲坐在一边。几天过后，这个看守问他愿不愿意去毛特豪森在维也纳的绍勒尔－威克的一个附属营。拉莱觉得没什么比在这里更糟糕的，看守保证那里的条件比这里稍微好一些，而且那里的指挥官年老不管事，所以他接受了这个提议。看守提醒他，那个营地不收犹太人，所以他需要隐瞒自己的宗教信仰。

第二天，看守告诉拉莱："收拾好你的东西。你要离开了。"

拉莱看了看周围。"已经收拾好了。"

"大概一小时之后，你坐卡车离开。去门口排队吧。你的名字在名单上。"他笑着说。

"我的名字？"

"是的。你要护好你胳膊上的号码，别被发现了，明白吗？"

"我需要应我的名字？"

"是的——可别忘了。祝你好运。"

"你走之前我想给你点东西。"

看守看起来有些困惑。

他从嘴里拿出一颗钻石，用衬衫擦了擦递给他。"现在，你可不能再说什么都没从犹太人这里得到了。"

维也纳。谁会不想游览维也纳呢？拉莱还是花花公子的时候，这可是他的一个梦想之地。"维也纳"，这个词听起来就浪漫至极，风格自成一派，充满着丰富的可能性。但是他知道现在，这一切都很不切实际。

看守对拉莱和其他人的到来都很漠然。他们被带到一个营房，得知何时何地吃饭。拉莱的心思都系在吉塔身上，他想知道怎样才能回到她身边。在一个个营地之间辗转——他再也忍受不了了。

拉莱用了几天时间观察周遭的环境。他看见营地指挥官颤颤悠悠地走来走去，怀疑他怎么还能活着。他和比较好说话的看守聊天，想要了解囚犯之间的动态。他发现自己可能是唯一的斯洛伐克囚犯，就决定低调一些。波兰人、苏联人还有少数意大利人每天都坐在一起和自己的同胞交谈，把拉莱独自晾在一边。

一天，两个年轻人朝拉莱走过来。"他们说你在奥斯维辛的时候是文身师。"

"'他们'是谁？"

"有人说他们觉得是在那里认识的你，你给囚犯文号码。"

拉莱抓起那个年轻人的手，拉起他的袖子。没有号码。然后他转向另一位。

"你呢？你曾经在那儿吗？"

"不在，但他们说的是真的吗？"

"我曾经是文身师，但那又怎样？"

"没什么，就是问问而已。"

两个男孩走开了。拉莱继续做他的白日梦。他没注意到党卫队军官朝他走来，直到他们猛然把他拉起来，把他押到附近的一栋楼里。拉莱发现自己站在年老的指挥官面前，指挥官朝一个党卫队军官点了点头。那个军官卷起拉莱的袖子，露出了他的号码。

"你之前在奥斯维辛？"指挥官问。

"是的，先生。"

"你之前在那里是文身师？"

"是的，先生。"

"所以你是个犹太人？"

"不是的，先生。我是天主教徒。"

指挥官抬了抬眉毛。"哦？我还真不知道奥斯维辛抓了天主教徒。"

"奥斯维辛有各教教徒，先生，还有罪犯和政治犯。"

"那你是罪犯吗？"

"不是，先生。"

"你不是犹太人?"

"不是，先生。我是天主教徒。"

"你已经回答了两次'不是'。我再问你一遍。你是犹太人吗?"

"不，我不是。来——我证明给你看。"拉莱边说边解开系着裤子的绳子，裤子掉落在地。他伸出手指勾在底裤后面，准备拉下来。

"停。我不需要看。好了，你可以走了。"

拉莱拉起裤子，保持呼吸正常，不能暴露他的心虚，他匆忙离开办公室。他在外面的一间办公室里停了下来，跌坐在一把椅子里。旁边办公桌后面坐着的一个军官看着他。

"你没事儿吧?"

"没事，我很好，就是有点头晕。你知道今天是几号吗?"

"今天是 22 号，不，等一下，4 月 23 号。怎么了?"

"没什么。谢谢。再见。"

出了门，拉莱看着懒散地坐在附近的囚犯，还有一些看起来更散漫的看守。三年了。你们从我的生命里夺走了三年。你们不会活过明天了。拉莱在营房后面的栅栏边溜达，边走边摇，想找到薄弱的地方。没花多久时间他就找到了。这段栅栏离地面有点距离，拉莱朝着自己的方向拽动栅栏。他甚至不想看看附近是否有人看见了他，他从底下爬出去，镇定自若地走开。

森林为他提供了掩护，巡逻的德国人看不到他。他往更深处走时听到了炮火和枪击的声音。他不知道是应该继续往前走，或是转身跑向另一边。接着是短暂的停火，他听到了溪流声。如果要到溪边，他就只能靠近正在交战的一边。但他内心总有一个很灵敏的指南针，告诉他那个方向是正确的。如果溪流的彼岸是苏联人或是美国人，他会很高兴地投降。日光渐暗，夜幕即将降临，他已经能看到远处枪战和炮火的闪光。他依然想要靠近那片水域，希望会有一座桥和一条能走的路线。他到达的时候发现面前是一条河而不是小溪。他望向对岸，听着炮火声。一定是苏联人。我朝你们来了。拉莱浸在水里，刺骨的冰冷让他打了个寒战。他慢慢在河里游，小心翼翼地不想让自己发抖的身体搅动水面，以免被人发现。中途他停下，抬起头认真听。炮火声近了。"妈的。"他咕哝道。他停止游动，让水流直接带他去交火的地方，仅仅像是另一块木头或一具尸体，不会有人注意。他觉得自己已经安全远离交战部队的时候，就疯狂游向远处的河岸。他从水里抽身而出，在瑟瑟发抖到不省人事之前拖着自己湿透了的身体藏进森林。

第二十七章

拉莱醒来的时候感受到了阳光洒在脸上的温暖。他的衣服已经干了一些，他能听到河流在他身下流动。他趴着爬过藏身一夜的树林，爬到一条路边。苏联士兵正沿着路巡逻。他等待了片刻，害怕会有交火。但是士兵都很放松。他决定加速回家的计划。

拉莱举起双手走到路上，这让一队士兵十分惊讶。他们立即举起步枪。

"我是个斯洛伐克人。我曾在一个集中营待了三年。"

士兵们互相交换了眼神。

"滚开。"其中一个人说，他们接着向前行进，有一个人路过他的时候还猛推了一下。他又多站了一会儿，更多士兵从旁路过，并没理睬他。拉莱认清了他们的冷漠，就继续走下去，偶尔会有人瞥他一眼。他决定和他们走相反的方向，推断苏联人很可能向前去和德国人交锋，所以尽快远离他们是很明智的。

最终，一辆吉普车靠在他身旁停了下来。坐在后面的一位军官仔细打量着他。"你到底是谁?"

"我是个斯洛伐克人。我曾被囚禁在奥斯维辛三年。"他拉起左袖露出文身号码。

"从来没听说过。"

拉莱吞了吞口水。他不敢想象,一个如此恐怖的地方竟然不为人所知。

"这里是波兰。我只能告诉你这些。"

"你的俄语说得很不错,"军官说,"还会说其他语言吗?"

"捷克语、德语、法语、匈牙利语和波兰语。"

这让军官更仔细地审视他。"那你觉得你这是往哪儿去呢?"

"家,回斯洛伐克。"

"不,你并没有。我有份工作给你。上车吧。"

拉莱想逃跑,但根本没有机会,所以他还是爬进车坐在副驾上。

"调头,回总部。"军官命令司机道。

吉普车行驶在坑坑洼洼的路上,一路颠簸地开回来时的方向。又往前开了几公里,他们经过了一个小村庄,之后转到一条土路上,向着坐落在山顶俯瞰着秀丽山谷的一间大别墅驶去。他们开进一条很大的圆形车道,那里停着几辆看上去价值不菲的汽车。大门看起来很庄严,两边都站有看守。吉普车刹车停下,司机赶忙跑下车,为后座的军官打开车门。

"跟我来吧。"军官说。

拉莱小跑着跟在他身后进到别墅的门厅。接着他停住,震惊于面前的富丽堂皇。一个大楼梯,还有艺术作品——每面墙上都挂有绘画作品和挂毯——还有些他从未见过的质量上佳的家具。拉莱走进了一个令他难以置信的世界。在经历了这么多之后,这简直让他痛苦万分。

军官离开主厅走向一个房间，示意拉莱应该跟着来。他们进到一间十分宽敞且装饰精美的房间里。房间中心是一张红木书桌，当然还有坐在它后面的那人。从他的制服和佩戴的肩章来看，拉莱面见的是一名很高层的苏联军官。他们走进来的时候，他抬了抬头。

"这是谁呢?"

"他称自己做了三年纳粹的囚犯。我怀疑他是个犹太人，但是我认为这不重要。重要的是他会讲俄语和德语。"军官说。

"然后呢?"

"我觉得他对我们会有用处。你知道的，和那些当地人沟通。"

高级军官倾身向后靠，似乎正考虑这个提议。"那就带他去工作吧。找个人守着他，如果他试图逃跑就一枪打死他。"拉莱被带出房间的时候，高级军官又补充说："让他洗干净，穿身好点的衣服。"

"好的，先生。我认为他会做得很好。"

拉莱跟着这名军官。**我不知道他们想从我身上得到什么，但是如果能洗个澡，换身干净衣服……**他们穿过门厅上楼，走上了二楼楼梯平台；拉莱发现上面还有两层楼。他们进了一间卧室，那名苏联人走向衣橱打开它。女人的衣服。他一句话也没说就离开了，进到旁边另一间卧室。这次，男人的衣服。

"找身你能穿的看起来还不错的衣服。那边过去应该有浴室。"他伸手指了指，"去洗干净，我过会儿回来。"

他关上身后的门。拉莱环顾房间。房里有张很大的四柱床，四周罩着厚厚的床幔，上面堆着各式各样各种大小的枕头；一个纯色的乌木五斗橱；摆放着薄绸灯的小桌子；还有一张绣着精美纹理的躺椅。他多么希望吉塔此刻在这儿。他抑制继续想下去的欲望。他不能承受想她的后果。现在还不行。

拉莱的双手在衣柜里的西装和衬衫中滑过，有休闲的和正式的，还有配套的所有配饰，这能让拉莱恢复往日的光彩。他挑选了一套西装在身前比画，欣赏着镜子里的样子：这几乎完全合身。他把西装扔到床上，很快又挑出一件匹配的白衬衫。他从抽屉里选出触感柔软的底裤，干净整洁的袜子和一条光滑的棕色皮带。他在另一个橱柜里找到一双锃亮的鞋子，和西装很相配。他赤脚穿上它们。完美。

一扇门通向浴室。金色的装潢将墙壁和地面的白色瓷砖映衬得闪闪发亮；傍晚的阳光透过一扇敞亮的彩色玻璃窗投射出淡黄色和深绿色的光束。他走进浴室，静静地站了很久，享受着这充满期待的光芒。接着他在浴盆里泡澡，让自己沉在水中，尽情享受着温暖直到水渐凉。他加了些热腾腾的水，慢慢享受着三年以来第一次热水澡。最后，他爬出来，用一条挂在旁边架子上的柔软毛巾擦干身体。他回到卧室，不慌不忙地穿上衣服，感受着棉麻的柔软质地和羊毛袜子的手感。没有一丝瑕疵也没有不合，这套衣服和拉莱干瘪的身体很贴合。显然这些衣服的主人很苗条。

他在床上坐了一会儿等他的看守回来。然后他决定再仔细看看这个房间。他拉开厚重的窗帘，看见法式窗户外的小阳台。他激动地打开门走到外面。**哇，我在哪里？**一个精心修剪的花园在他眼前延伸开来，草坪郁郁葱葱伸向远处的森林。他拥有极佳的视野，能够看到下面圆形的车道，还看见几辆车靠边停下，从里面走出一些苏军军官。他听到房间门开了，转身看见他的看守和另一位军衔较低的士兵站在门口。他站在阳台没有挪步。两个男人走到他身边，和他一起看向外面。

"很不错，你觉得呢？"拉莱的看守说。

"看起来你过得很不错。我可发现不少好东西。"

他的看守笑了。"是的，我们过得很好。这个总部比我们前线的那个舒适多了。"

"你会告诉我，我这是加入了什么地方吗？"

"这是弗雷德里奇。他会成为你的看守。如果你想要逃跑，他会开枪打死你。"

拉莱看了看那个男人。他胳膊上的肌肉撑起了衬衫袖子，胸口的肌肉也似乎随时都会冲破纽扣的束缚。从他薄薄的嘴唇看不出笑意也看不出厌恶。他对拉莱的点头示意也毫无反应。

"他会在这里看着你，还会每天带你去村子里买东西。你明白了吗？"

"我要买什么？"

"嗯，不是葡萄酒；我们有整整一酒窖。食物的话，厨师会买。他们知道需要些什么……"

"所以剩下……"

"找乐子。"

拉莱面无表情。

"你每天早上要去村子里觅些有兴趣晚上花时间和我们待在这里的漂亮小妞。懂吗？"

"那我就是你们的皮条客了？"

"你理解得很到位。"

"我要怎么说服她们？告诉她们你们都是玉树临风的小伙子，会对她们很好？"

"我们会给你东西来吸引她们。"

"什么样的东西？"

"跟我来。"

三个人下楼走进另一个奢华的房间，军官打开墙壁里通向一个宽敞地下室的门。看守走进地下室拿出两个金属罐子放在桌上。一个里面装着现金，另外一个都是珠宝。拉莱能看到地下室里还搁着许多类似的罐子。

"弗雷德里奇每天早上会带你来这里，你带着钱和珠宝给女孩子。我们每晚需要八到十个。你就给她们看看报酬，如果必要，可以提前付给她们一小部分。告诉她们到了别墅会得到剩下的部分，晚上结束后，她们会安全无恙地被送回家。"

拉莱想要将手伸进珠宝罐，但看守在那之前就关上了它。

"你们已经定好价位了，是吗？"他问。

"你还是自己去弄清楚吧。尽你所能达成最划算的交易。明白吗？"

"当然，你们想要用香肠的价钱买到优质的牛肉。"拉莱知道什么时候该说什么。

军官笑了。"和弗雷德里奇一起去吧。他会带你到处转转。你可以在厨房或你的房间用餐——告诉厨师就好。"

弗雷德里奇带拉莱下楼，给他介绍了两个厨师。他告诉他们他更愿意在自己的房间用餐。弗雷德里奇告诉拉莱他不可以去二层以上，即便是在二层，他也只能进自己的房间。他说得很清楚明了。

过了几个小时，拉莱收到了一餐配有浓郁奶油酱汁的羊肉。胡萝卜煮得很软烂，浸满了黄油。整道菜点缀着盐粒、胡椒和新鲜的欧芹。他很想知道自己是否可能失去了欣赏丰富口感的能力。事实上他并没有。他所失去的只是享受摆在自己面前食物的能力。吉塔不在身边和他一同享用，他怎么可以？他甚至不知道她是不是还在挨饿？他不知道……但是他不再继续想下去。他现在在这里，他必须做他不得不做的事，直到找到她。盘子里的食物他只吃了一半。总是要省下些；过去三年里他就是这样活下来的。搭配着餐食，他喝了大半瓶葡萄酒。他花了些力气脱下衣服，扑通一下倒在床上，沉入醉酒后的梦乡。

第二天早上，早餐放在桌上时的叮当声唤醒了拉莱。他不记得他锁没锁门。或许厨师有钥匙，嗯。前一晚的空托盘和酒瓶都被收走了。从头至尾也没听到一句话。

早餐过后他冲了个澡。弗雷德里奇进来的时候他正在穿鞋。"准备好了吗？"

拉莱点头。"我们走吧。"

他们的第一站是藏着小金库的书房。弗雷德里奇和另一名军官看着拉莱拿了一部分现金，点过后记在了账簿上，接着他拿了几件珠宝首饰和一些单颗的宝石，这也都记在了账上。

"我拿的可能比需要的多一些，毕竟是我第一次做，我不清楚行情如何，好吗？"他对边上的两个人说。

他们耸了耸肩。

"只要你能保证把没给出去的东西还回来就行。"负责账目的军官说。

拉莱把钱放进一个口袋，把珠宝放进另外一个，他跟着弗雷德里奇来到别墅的一个超宽敞的车库。弗雷德里奇启动一辆吉普车，拉莱坐进车里。他们驱车几公里到了昨天拉莱路过的小村庄。**仅仅是昨天吗？为什么我已经觉得如此不同了？**一路上，弗雷德里奇跟他说，晚上他们得开一辆小卡车来接女孩们。那可能不太舒服，但那是唯一能够载 12 个人的交通工具了。他们开进村子，拉莱问："那我应该去哪儿找合适的女孩呢？"

"我把你放在街口。你去每家商店看。售货员还是顾客都可以，只要她们年轻，当然最好漂亮一些。谈好她们的价钱，给她们看看报酬——如果她们想要预付，就只付些现金。告诉他们我们六点会在面包店门口接她们。有些人来过的。"

"那我怎么知道她们是不是已婚了？"

"她们会拒绝，我是这么觉得的。她们也有可能朝你扔东西，所以做好随时躲开的准备。"拉莱下车时，他又接着说："我会先

201

等等看。别着急。别做什么傻事。"

拉莱朝附近一家精品店走过去，希望今天没有丈夫或男朋友陪着他们的伴侣一起购物。他进门的时候每个人都看着他。他用俄语打了招呼，紧接着才想起来自己在奥地利，所以又换成了德语。

"你们好，女士们，你们今天过得怎么样？"

女士们彼此看了看。几名女士咯咯笑了笑，然后一名店员问："有什么我可以效劳的？你是在给你的妻子挑礼物吗？"

"不完全是。我想和你们所有人聊聊。"

"你是苏联人吗？"一名顾客问。

"不是，我是斯洛伐克人。但是我现在代表的是苏联军方。"

"你住在别墅里？"另一名顾客问。

"是的。"

让拉莱松了一口气的是，其中一名店员问："你是来这儿问我们想不想参加今晚的派对，是吗？"

"是的，是的，我是。你们之前去过吗？"

"我去过。别那么害怕。我们都知道你想要什么。"

拉莱看了一圈。一共有两名售货员和四名顾客。

"好吧？"拉莱小心翼翼地说。

"让我们看看你带了什么。"一名顾客说。

拉莱把口袋里的东西倒在柜台上，女士们都围了过来。

"我们能得到多少？"

拉莱看了看曾经去过别墅的那个女孩。

"你上次得到了多少？"

她在他面前摆了摆手上镶着钻石和珍珠的戒指，说："再加上十马克。"

"那我现在给你五马克，今晚五马克，你再挑一件珠宝，怎样？"

那女孩翻了翻，挑出一条珍珠手链。"那我要这条。"

拉莱从她手中轻轻拿过手链。"不是现在，"他说，"今晚六点到面包房。成交？"

"成交。"她说。

拉莱递给她五马克，她接过来塞进胸罩里。

剩下几个女孩仔细挑了珠宝，选了她们想要的。拉莱付给每人五马克。没有讨价还价。

"谢谢你们，女士们。在我离开之前，你们能告诉我还去哪里找到更多和我们'志趣相投'的美女呢？"

"你可以去离这里隔了几个门脸的那家咖啡馆，或者图书馆。"其中一个建议道。

"小心咖啡馆里的奶奶们。"其中一个女人咯咯笑着说。

"你说的'奶奶'是什么意思？"拉莱问。

"你知道的，老年妇女 —— 她们里有些人都三十几了！"

拉莱微笑。

"你看，"最开始提建议的那人说，"你在街上遇到的女人都可以问问看。我们都知道你想要什么，我们有很多人都需要美食和酒水，即便我们得和那些丑陋的苏联猪一起享用。这里没剩下什么能帮我们的男人。我们做的都是我们必须做的事。"

"我也一样。"拉莱告诉她们，"非常感谢你们。期待今晚见到你们。"

拉莱离开商店，靠在墙上休息一下。一个商店，已经找到了所需要的半数。他看向街道另一边。弗雷德里奇正看着他。他朝他比了一个大拇指。

现在，那家咖啡馆在哪儿？拉莱在走向咖啡馆的途中叫住了三位年轻女人，其中两位同意参加聚会。他在咖啡馆里又找到三个。他想，她们刚刚过三十岁，但还是任凭谁都想和她们在一起的漂亮女人。

那晚，拉莱和弗雷德里奇接上女人们，她们都按照要求在面包店前等候。她们都穿着优雅得体，精心梳妆打扮过。按照约定，拉莱付给她们珠宝和现金，弗雷德里奇在一旁也没怎么仔细看。

他看着她们进入别墅。她们手牵着手，面无迟疑，偶尔还会笑一笑。

"我把剩下的带走。"弗雷德里奇站在拉莱身边说。

拉莱从他口袋里拿出几张现金和几件珠宝递给弗雷德里奇，他看起来似乎很满意这次完美无误的交易。

弗雷德里奇把东西装进口袋里，然后摸摸拉莱身上，伸手进口袋里检查。

"嘿，小心点。"拉莱说，"我跟你还没那么熟。"

"你不是我的菜。"

厨房一定得知了他的归来。拉莱进房间不久，晚饭就送到了。他吃过后走到阳台上。他靠在阳台栏杆上，看着车辆来往穿梭。时不时地，楼下聚会的声音还会传到他耳朵里，他只听到了笑声和说话声，这让他很欣慰。回到房间后，他脱衣服准备睡觉。他在裤脚边翻了翻，找到他放在那里的一小颗钻石。他从抽屉里拿出一只袜子，把钻石藏了进去，这才躺下歇息。

几个小时后，他被一阵从阳台门飘进来的笑声和闲聊声吵醒。他走出去看着女孩们登上卡车回家。大多数看起来都喝醉了，但没有人感到难过。他又回去睡觉了。

接下来的几个星期里，拉莱和弗雷德里奇每天两次往返小村子。他在那里已经很出名了，就连从没来过别墅的女人们都知道他是谁，路过的时候都会和他打招呼。精品店和咖啡馆是拉莱最喜欢的两个地方。很快，女孩们会聚在那里等着他按时到来。常来别墅的女孩经常会亲吻他的脸颊迎接他的到来，还会邀请他加入那晚的聚会。他从来都不曾出席，这似乎让她们真的很不高兴。

有一天在咖啡馆，服务员瑟琳娜大声问："拉莱，战争结束后你愿意娶我吗?"其他女孩在旁边咯咯直笑，年长些的妇人啧啧不已。

"她爱上你了，拉莱。不管那些苏联猪有多少钱，她都不想跟他们。"其中一位顾客补充说。

"瑟琳娜，你是个非常漂亮的女孩，但恐怕我已心有所属。"

"谁? 她叫什么名字?"瑟琳娜愤愤地问。

"她叫吉塔，我承诺过她。我爱她。"

"她在等你吗? 她现在在哪里?"

"我不知道她眼下在哪里，但我会找到她的。"

"你怎么确定她还活着?"

"噢，她还活着。你有没有过那种就是知道的感觉?"

"我不确定。"

"那你从来没爱过。晚些见，姑娘们。六点。别迟到。"

他伴着一阵道别声走出门。

那晚，拉莱往他的战时小金库里添了一颗硕大的红宝石，突然一股浓烈的思乡之情涌上心头。他在床上呆坐了许久。他对家的记忆被战争的噩梦搅得面目全非。他所关心的所有事和所有人现在都笼罩在痛苦和损失的阴云之下。他从这种心情中抽离出来重新振作起来，把这几星期私藏在袜子里的宝石倒在床上数了数。接着他挪步去了阳台。这里的夜晚愈渐温暖，几个聚会常客在草坪上闲逛，几个在相互追逐打闹。卧室门口传来的敲门声吓了他一跳。从到这里的第一晚起，他在不在屋里都会把门锁好。拉莱跑过去开门，看见床上的宝石还在，便迅速拉起床单盖住它们。他并没留意到那颗刚刚得到的红宝石掉在了地板上。

"为什么你锁着门?"弗雷德里奇问。

"我不想醒来发现自己和你的某位同事躺在一起,我发现他们之中有几个对我们带来的女孩不感兴趣。"

"我明白了。你是个帅气的小伙子。你要知道,如果你有这样的倾向,他们会很大方地奖赏你的。"

"我没有。"

"那你想要其中一个女孩吗?反正都付过钱了。"

"不用了,谢谢。"

这时,弗雷德里奇的目光被地毯上一点闪烁的光芒吸引住了。他弯下腰捡起红宝石。"那这是什么?"

拉莱看着红宝石,一脸讶异。

"拉莱,你能解释一下你为什么有这个吗?"

"一定是夹在我口袋的内衬里了。"

"真的吗?"

"你觉得如果我拿了它,会放在地上让你找到吗?"

弗雷德里奇思考了一下。"我想也不会。"他把它装进口袋,"那我把它送回金库。"

"你来找我是有什么事吗?"拉莱问道,试图转换话题。

"我明天要被调走了。所以从现在开始,早上去找人,晚上去接人要你自己来做了。"

"你的意思是和别人一起?"拉莱问。

"不。你已经证明了自己可以被信任,将军对你印象很深刻。就继续做你正在做的事,大家都离开这里的时候,你甚至可能得到一些奖励。"

"看你离开我感到很遗憾。我很享受和你在车里的聊天。照顾好自己,外面的战争还没结束呢。"

他们握了握手。

206

房间里又只剩下拉莱自己。这次他确保锁好门，把床上的宝石收在一起重新放回袜子里。他从衣柜里挑出一套最好看的衣服放在一旁。他把衬衫、几条底裤和几双袜子平铺在桌子上，又把一双鞋子放在桌下。

第二天早上，拉莱淋浴过后穿上挑好的衣服，包括四条底裤和三双袜子。他把装着宝石的袜子放进外套口袋里。他最后看了看他的房间，然后走去小金库。拉莱拿了和平时同样数额的现金和珠宝，正要离开的时候会计叫住了他。

"等一下。今天多拿点儿。今天下午我们有两位很高层的官员从莫斯科过来。给他们买最好的姑娘。"

拉莱拿了额外的现金和珠宝。"我今天上午可能要晚一点回来。我还想去趟图书馆，看看能不能借本书。"

"我们这里的图书馆相当好。"

"谢谢，但是那儿经常有军官在，嗯……我看见他们还是觉得有些害怕。你明白我的意思吗？"

"噢，好吧。那你自便吧。"

拉莱走进车库跟正在忙着洗车的服务员点头示意。"今天天气不错，拉莱。钥匙在吉普车里。我听说你今天要自己去了。"

"是的，弗雷德里奇调走了，当然希望他不是被调去前线了。"

服务员笑了笑。"那可就倒霉了。"

"哦对了，我今天会比平时晚点回来，已经批准了。"

"想自己活动活动，是不是？"

"差不多吧。回头见。"

"好的，玩得开心。"

拉莱若无其事地坐进吉普车，头也不回地驶离别墅。到了村子里，他在主路的路口停下车，将钥匙留在钥匙孔里，然后下车走开。他看见一家商店外面靠着一辆自行车，他不动声色地推起它，跳上车骑出了城。

骑了几公里，他被一队苏军巡逻的士兵拦住。

一名年轻的军官问他："你这是要去哪里？"

"三年来我都是德国人的囚犯。我来自斯洛伐克，我现在要回家。"

那个苏联人抓住车把，强制拉莱下车。拉莱下来转身背对着他想要离开，屁股上收到了狠狠踢来的一脚。

"你还是走走路吧。现在快滚。"

拉莱继续往前走。**不值得去争论什么**。

夜幕降临，拉莱还在继续走。他能看见前面小镇子的点点灯光，便加快了脚步。这个地方遍地都是苏联士兵，尽管他们都没搭理他，但他还是觉得一定要继续往前走。镇子的郊外有一座火车站，他赶快走过去，想着没准能找到一张长椅可以躺下几个小时。他走上一个站台，发现旁边停着一节火车，但似乎毫无人气。他对此内心充满了不祥的预感，但还是抑制着内心的恐惧上前里里外外查看。车厢。这是设计来载人的车厢。附近车站办公室的一盏灯光引起了他的注意，他朝着灯光走过去。办公室里面，有位站长坐在椅子上晃来晃去，向前耷拉着头，强打着精神不让自己睡着。拉莱从窗边后退几步，假装咳嗽，假装很有派头地再次靠近办公室。站长现在醒了过来，来到窗边，打开一条小缝仅仅能听清彼此说话。

"我能帮你做什么？"

"这辆火车，它是去哪儿的？"

"布拉迪斯拉发。"

"我能坐它走吗？"

"你有钱付吗？"

拉莱从外套里掏出袜子，从里面拿出两颗钻石递给他。他拿钻石的时候，左胳膊的袖子往上耸了耸露出了他的文身。站长接过钻石。"最后那节车厢，在那儿没人会打扰你。但这列车明早六点才会离开。"

拉莱瞥了一眼站内的表。**还有八个小时。**

"我可以等。路上要多久？"

"大概一个半小时。"

"谢谢你。真的很感谢你。"

拉莱正想往最后一节车厢走，站长叫住了他，他跑过来递给他些食物和一个热水壶。

"只有些我妻子做的三明治，但壶里的咖啡还是热的，很浓。"

拉莱接过食物和咖啡，他垂下肩膀，再也忍不住向外涌的眼泪。他抬头看见站长回身走回办公室时，双眼中也满是泪水。

"谢谢。"他泣不成声。

他们到达斯洛伐克边境的时候，天亮了。一名官员朝拉莱走来请他出示证件。拉莱卷起袖子，给他看自己唯一的身份证明：32407。

"我是斯洛伐克人。"他说。

"欢迎回家。"

第二十八章

　　布拉迪斯拉发。拉莱走下火车，走进他曾经生活过、幸福过的城市，他过去的三年也本应该在这里欢度。他在曾经熟知的街区晃荡。很多地方像轰炸后的废墟，都不再能认得出了。这里没有什么值得他留恋的。他得找个办法回到克龙帕希，大概400公里的距离：回家的路真长。他徒步走了四天，偶尔搭乘马车，骑没有马鞍的马或是乘坐拖拉机。需要的时候他会付钱，他也只能这样做：这里付一颗钻石，那里付一颗祖母绿。最后，他走在自己曾经长大的路上，站在家宅对面。前门的围篱已经不见了，门前只剩下些弯弯曲曲的栏杆。花圃，母亲曾经的骄傲和喜悦，已然杂草丛生，毫无生机。破碎的窗户上钉着些粗糙的木板。
　　一位老妇人从对面的房子里走出来，冲着他跺脚。
　　"你在干什么？快滚开！"她挥舞着一只木勺大声嚷嚷。
　　"对不起。只是……我曾住在这里。"
　　老妇人盯着他，若有所悟地问："拉莱？是你吗？"

"是的，噢，莫尔纳太太，是你吗？你……你看起来……"

"苍老。我知道。我的上帝，拉莱，真的是你吗？"

他们拥抱。近乎哽咽着互相询问彼此的情况，但也几乎没听清对方都在说什么。最后，他的邻居从拥抱中抽身出来。

"你在这外面站着干什么？进去啊，回家。"

"还有人住在那里吗？"

"当然啊，你的妹妹。哦！我的天 —— 她不知道你还活着？"

"我的妹妹！戈尔蒂还活着？"

拉莱跑到街对面，用力敲门。没人立即应声，他又敲了一次。他听到屋里传来声音："我来了，马上来。"

戈尔蒂打开门。一看到门口站着她的哥哥，她晕了过去。莫尔纳太太跟着他走进屋里，他抱起妹妹，靠放在沙发上。莫尔纳太太倒来一杯水。拉莱怜爱地将戈尔蒂抱在怀里，等着她睁开眼睛。她醒来时，他递给她水喝。她抽泣着接过来，颤抖着洒了大半。莫尔纳太太悄声走了出去。拉莱激动着抱着他的妹妹，任由自己的泪水决堤而出。过了好一会儿，他才平复下来开口说话，问了一些他十分想要得到答案的问题。

没有什么好消息。他离开的几天后，他的父母就被带走了。戈尔蒂不知道他们去了哪里，也不知道他们是否还活在世上。马克斯离开家加入了游击队，和德国人交战的时候牺牲了。马克斯的妻子和他们两个小儿子也被带走了，她也不知道他们去了哪里。戈尔蒂能提供的唯一好消息就是她自己还在。她和一个苏联人相爱，而且已经结婚了。她现在的姓氏是索科洛夫。她的丈夫正在外出差，几天过后就会回来。

拉莱紧跟着她走进厨房，看着她准备晚饭，一时一刻都不想让她离开自己的视线。他们吃过后，聊天直到深夜。戈尔蒂很想从拉莱这里得知过去三年他的情况，而拉莱只说他曾在波兰的一个集中营里干活，而现在他回家了。

第二天，他向戈尔蒂和莫尔纳太太倾诉了他对吉塔的爱，他坚信她还活着。

"你得找到她。"戈尔蒂说，"你一定要去找她。"

"我不知道从何处找起。"

"嗯，那她的家乡是哪里？"莫尔纳太太问。

"我不知道。她一直没告诉我。"

"我不懂了。你已经认识她三年了，她就从来没跟你讲过她的来历？"

"她不想说。她离开营地的那天本来想告诉我的，但是事情发生得太快了。我只知道她的姓氏：弗曼。"

"好吧，这是个信息，但用处不大。"他的妹妹责备道。

"我听说大家都开始从集中营回家了。"莫尔纳太太说，"他们都先到布拉迪斯拉发。也许她就在那里。"

"如果我要回到布拉迪斯拉发，那我需要交通工具。"

戈尔蒂笑了。"那你现在还坐在这里干什么？"

拉莱跑遍全镇，问了见到的每个有马、自行车、轿车和卡车的人，他能不能从他们手中买过这些。他们都拒绝了。

他开始感到毫无希望，这时一位老人坐在一匹马拉着的小车里朝他走来。拉莱拦在马的身前，老人只能拉住缰绳停下来。

"我想从你这里买马和小车。"他什么都没想就脱口而出。

"多少钱？"

拉莱从口袋里拿出几枚宝石。"这些都是真货，值很多钱。"

老人仔细看了看宝石，说："只有一个条件。"

"什么条件？任何条件都可以。"

"你得先送我回家。"

过了一会儿，拉莱在他妹妹家门外停下车，骄傲地炫耀着他的新交通工具。

"我没什么东西给它吃。"她说道。

他指了指长得很高的野草。"你的前院需要割一割草了。"

那晚，马就拴在前院，莫尔纳太太和戈尔蒂着手为拉莱准备路上需要的吃食。他讨厌和她们道别，毕竟他才刚刚到家，但是她们不想让他留下。

"没有吉塔的话，你也别回来。"这是戈尔蒂跟他说的最后一句话。拉莱爬上马车后面，马儿刚开始走的时候差点把他颠下来。他回头看了看站在家门外的两个女人，她们挽着彼此的胳膊，笑着，朝他挥手。

拉莱和他的新同伴走了三天三夜，沿途是残破不堪的道路和夷为平地的城镇。途中路过的桥被毁了，他们只得涉过溪流。一路上，他们顺路捎上了很多人。拉莱省着吃他的口粮。他因为自己家庭的支离破碎感到深深地悲痛。但同时，他又很渴望见到吉塔，这给了他一点信念让他继续坚持下去。他必须找到她。他承诺过的。

他最终回到布拉迪斯拉发，片刻不停地径直去往火车站。"集中营的幸存者都在回家的路上，这是真的吗？"他问。他被告知这是事实，还拿到了火车时刻表。他不知道吉塔可能会去哪里——甚至连哪个国家都不知道——他决定只能在这里等待每一列火车。他想找个落脚的地方，但一个陌生男人牵着一匹马确实不是受欢迎的房客，所以他睡在车里，停在他所能找到的空地上，只要马儿能有草吃，他们就能继续坚持下去。他经常会想起吉卜赛营的朋友们，还有他们曾讲给他的关于他们生活的故事。夏日将尽。雨还在淅淅沥沥地下，但这丝毫不能影响他。

两个星期过去了，每列火车到站的时候拉莱都在站台上来回寻找。他在站台上走来走去，走近每一位下车的女人。"你之前在比克瑙吗？"有几次他得到了肯定的回答，他接着问："那你认识吉塔·弗曼吗？她之前在第二十九营房。"没有人认得她。

有一天，站长问他是否在红十字会那里登记了吉塔的名字，他们正在登记失踪者的名字，还有那些已经回来的人的名字，他们正要寻找自己的爱人。他也没什么可犹豫的，循着拿到的地址，立刻前往了市中心。

吉塔正和两个朋友在主路上走着，这时她看见一匹马拉着一辆很可笑的小车。一名年轻男人随意地站在车尾。

她走到路中间。

马儿乖乖停在这位年轻女人的面前，时间仿佛就此静止。

拉莱从车上爬下来。

吉塔朝他迈了一步。他没动弹。她又迈了一步。

"你好。"她说。

拉莱双膝跪倒在地。吉塔转过身看她的两个朋友，她们正满脸惊讶地看着这一幕。

"是他吗？"其中一人喊道。

"是的，"吉塔说，"是他。"

显而易见的是，拉莱没向前走，或者他根本无法动弹，所以吉塔就走向他。她在他身前跪下说："可能我们离开比克瑙的时候你没听到我说，我爱你。"

"你愿意嫁给我吗？"他说。

"我愿意。"

"你会让我成为世界上最幸福的男人吗？"

"会的。"

拉莱一把将吉塔抱进怀里，亲吻她。吉塔的一个朋友走过来牵走了马。吉塔的手搂在拉莱的腰间，头靠在他的肩膀上。在这饱受战争蹂躏的城市里，一对年轻的恋人就这样一起往前走，融进人群，融入拥挤的街头。

尾 声

拉莱将自己的名字改成索科洛夫，就是他已成婚的妹妹的俄语姓氏——在苏联控制下的斯洛伐克，这个名字比艾森伯格更容易被人接受。他和吉塔于1945年10月结婚，定居在布拉迪斯拉发。拉莱开始进口来自欧洲和亚洲各地的精美面料——亚麻、丝绸、棉布。他为迫切重建和布新他们国家的制造商提供货源。尽管苏联接管了捷克斯洛伐克，但据拉莱所说，他是唯一没被苏共当局立即国有化的企业。毕竟，他提供的材料也正是政府统治层想要个人使用的。

他的生意日渐红火，后来接纳了一位合伙人，利润也逐渐增加。拉莱再次穿上时髦的衣服。他和吉塔在顶级的餐厅用餐，在苏联各地的温泉中心度假。他们是犹太人在以色列建国运动背后坚定的支持者。特别是吉塔，她在幕后默默付出，从当地的富人那里筹措资金，然后安排转移资金出国等事宜。但在拉莱的商业合伙人婚姻破裂之际，合伙人的前妻将拉莱和吉塔的行为报告给当局。

1948 年 4 月 20 日，拉莱被捕，罪名是"偷运珠宝和其他贵重物品出境"。逮捕令上还写道："因此，捷克斯洛伐克遭受了无法估量的经济损失，索科洛夫的非法行径和掠夺行为为他自身谋取了丰厚的利益。"虽然拉莱一直将珠宝和钱财运出国，但对他自己来说没有任何经济利益。他一直在向外捐助。

两天后，他的生意被国有化，他被判在伊拉瓦监狱服刑两年，那是战后著名的关押政治犯和德国囚犯的地方。拉莱和吉塔未雨绸缪，曾经藏下一部分资产。吉塔借助与当地政府和司法机关的关系，贿赂了一些官员来帮忙。一天，一位天主教神父来探望狱中的拉莱。过了一会儿，神父请狱卒离开房间，这样他就可以听拉莱的忏悔，这是神圣不可侵犯的，只能由他自己来聆听。单独留下后，他告诉拉莱要开始表现得像个疯子。如果他装得足够像，他们就可以让精神科医生来给他看病。不久后，拉莱就和精神科医生见了面，他告诉拉莱，会安排他准假回家待几天，然后他"彻底疯了，无法再被带回来"。

一星期后，他被送上车送回到了他和吉塔住的公寓。他被告知两天后会再次被接回监狱服满刑期。那天晚上，在朋友的帮助下，他们从公寓楼后面溜出来，每人带了一只行李箱，装着财产还有一幅吉塔一定要带上的画作。这幅画画的是一位吉卜赛女人。他们还带了一大笔钱给一位前往以色列的联络人。接着他们乘坐一辆从布拉迪斯拉发向奥地利运农产品的卡车，藏在车里的假墙板后面。

他们在某天某个定好的时刻走在维也纳火车站的站台上，寻找一位他们不曾谋面的联络人。拉莱的描述就像是勒卡雷[1]小说里的情景一样。他们跟几个独自的男士低声说了个暗号，最后终于有个人给出了正确的回复。拉莱将装满钱的小公文包顺手递给那

---

1. 约翰·勒卡雷（John le Carré），英国 20 世纪最著名的间谍小说家。

个男人，然后他就消失了。

他们从维也纳去往巴黎，在那里租了间公寓，花了几个月时间享受巴黎的咖啡馆和酒吧，这个城市已然恢复到它战前的样子了。看到才华横溢的美国黑人歌唱家、舞蹈家约瑟芬·贝克在卡巴莱[1]的表演，这是拉莱这辈子时刻都会想起的美好回忆。他指着自己的腰部，形容她有着一双"到这里的长腿"。

法国没有能提供给非法国公民的工作，拉莱和吉塔决定离开。他们想要离开欧洲，越远越好。所以他们买了假护照，启程前往悉尼，1949 年 7 月 29 日抵达。

在船上，他们结识了一对夫妻，听他们讲了墨尔本的家人，他们打算过去和他们一起生活。这足以说服拉莱和吉塔同样定居在墨尔本。拉莱再次进军纺织品商贸行业。他买了一个小仓库，着手采购当地和国外的面料，然后销售。吉塔也想为这份事业贡献自己的力量，她报名参加了服装设计课程。随后，她开始设计女装，给他们的生意增添了新的活力。

他们最大的愿望是拥有一个孩子，但这份好运一直不曾降临。最后他们放弃了这个想法。然而，让他们惊喜万分的是，吉塔怀孕了。他们的儿子加里出生于 1961 年，那年吉塔三十六岁，拉莱四十四岁。他们的生活很完整，孩子在侧，朋友相伴，事业成功，还有黄金海岸的假期。以爱为基，万山难阻。

吉塔从斯洛伐克带回来的吉卜赛女人的画作依旧挂在加里家中。

---

1. 卡巴莱（cabaret）是一种融合音乐、舞蹈等元素的娱乐表演，简单直接地用歌曲讲述故事。起源于法国，盛行于欧洲。表演场地本身也可以称作卡巴莱。

后 记

我正坐在一位老人家的客厅里。我还不太了解他，但是我很快就认识了他的狗，"宝贝儿"和"巴巴"———一只像一匹小马那样大，还有一只比我的猫还小。谢天谢地，它们很喜欢我，而现在它们睡着了。

我看向一边，过了片刻。我得告诉他。

"您知道我不是犹太人吧？"

我们见面已经过去一个小时了。老人家坐在我对面的椅子里，不耐烦地却也友善地轻哼了一声。他看向别处，双手握在一起。他跷着二郎腿，闲着的那只脚好似在敲打着一段无声的节拍。他的眼睛望向窗外的空地。

"我知道。"他最后说，微笑着看向我，"这也是我找你的原因。"

我稍稍放松了些。所以，或许我正得其所。

"所以，"他说，好像准备要讲个笑话，"跟我说说你对犹太人的了解。"

我脑子高速运转想着要说什么的时候，七枝烛台的形象跃然而出。

"你认识犹太人吗？"

我想到一位。"我和一名叫贝拉的女孩一起工作。我想，她是犹太人。"

我本来以为他会面露不屑，但他却很是热情。"很好！"他说。

我通过了另一项考验。

接下来是第一条指示。"对于我要告诉你的事情，你要放弃先入之见。"他停顿一下，好像在想合适的表达，"我不想让我的故事染上任何个人的情感包袱。"

我不太自然地动了动。"也许会有一点。"

他倾身向前，不太平衡。他一只手抓住桌子。桌子也不太稳当，高低不平的桌脚撞到地板上。回响的声音吵醒了狗，它们都被吓了一跳。

我吞了吞口水。"我母亲的娘家姓是施瓦茨费格。她的家族是德国人。"

他缓和了些。"我们都是来自某个地方的。"他说。

"是的，但我是新西兰人。我母亲家在新西兰已经定居了一个多世纪。"

"移民。"

"对。"

他坐了回去，现在的状态很松弛。"你能写得多快？"他问。

我反而不知所措。他这到底在问什么？"嗯，这要看我写的是什么。"

"我想让你快点写。我时间不多了。"

惊慌。我特意没带任何录音还有写作材料来见第一面。我受邀来听他的人生故事，再考虑要不要为之执笔。现在，我只想倾

220

听。"你有多少时间呢?"我问他。

"只有一点。"

我很迷惑。"你是要很快去别处吗?"

"是的,"他说,他再次凝望那扇开着的窗户,"我得去陪吉塔。"

我从未见过吉塔。是她的死亡和拉莱想要陪她的意愿促使他讲述这个故事。他想要它被记录下来,这样,用他的话来说,"它永远不会再发生"。

第一次见面后,我每星期拜访拉莱两到三次。弄清这个故事的来龙去脉花了三年的时间。我需要赢得他的信任,这花了很长时间。只有这样他才能够在讲述的过程中愿意深刻地审视自己,而这也是这个故事所需要的。我们成为朋友——不,不仅仅是朋友;让他恐惧的是他和吉塔可能会被视为与纳粹勾结的叛徒,这种负罪感折磨了他五十几年,而他在渐渐摆脱这种感觉的同时,我们的生活也交织地愈发紧密。我和拉莱坐在厨房餐桌旁,他的部分负担转嫁到了我的身上。在经历了人类历史上最恐怖的事件之后的六十年,这位亲爱的老人家双手哆嗦,声音颤抖,眼眶仍旧湿润。

他讲的故事零零碎碎,有时候语速很慢,有时候又很快,很多故事之间并没有清晰的联系。但这没关系。和他还有他的两条狗坐在一起,聆听老人家的故事,虽然这可能对其他不感兴趣的人来说就是絮絮叨叨的闲扯,但对我来说,这非常动人。是因为好听的东欧口音吗?还是这老人家的个人魅力?是因为这个逐渐在我眼前展开的扭曲的故事本身?这些都是原因,但也绝不止这些。

身为拉莱故事的讲述者,对我来说很重要的是要弄清楚记忆和历史是如何时而共舞,时而分道的。历史中的教训有很多,我

221

不只是要总结历史中的一个教训，而是要给人性上一节独特的课。总体来说，拉莱的记忆是非常清晰和准确的。它们和我调查到的人、日期和地点都十分匹配。这算是一种安慰吗？这样可怕的事实曾经就是他生活的真实写照，和这样的一个人相识相交只会让人觉得这些事实更加骇人听闻。对于这个迷人的老头儿来说，记忆和历史没有分别——它们共舞华尔兹，十分合拍。

《奥斯维辛的文身师》讲的是两个普通人的故事，他们生活在那个特殊的年代，不仅被剥夺了自由，而且还失去了尊严、姓名和身份。这是拉莱对他们为了活着所需要做的事情的记录和描述。拉莱在世的时候有句座右铭："如果你早上醒来，那这就是美好的一天。"他葬礼的那天早上，我醒来时就感觉到这对我来说不是一个好日子，但对拉莱来说却是。他现在如愿和吉塔在一起了。

附 记

拉莱于 1916 年 10 月 28 日出生于斯洛伐克克龙帕希，原名是路德维希·艾森伯格。他于 1942 年 4 月 23 日被押运到奥斯维辛集中营，文在身上的号码是 32407。

吉塔于 1925 年 3 月 11 日出生于斯洛伐克托普拉河畔弗拉诺夫，原名是吉塞拉·弗曼诺娃（弗曼）。她于 1942 年 4 月 3 日被押送到奥斯维辛集中营，据她在大屠杀可视资料档案（Shoah Visual Archive）中的证词所说，她的文身号码是 4562。拉莱记得的是 34902，这本书之前的版本中正是据此记录。

拉莱的父母，约瑟夫·艾森伯格和塞丽娜·艾森伯格于 1942 年 3 月 26 日（当时拉莱还在布拉格）被送往奥斯维辛集中营。已披露的研究表明他们抵达奥斯维辛后即被杀害。拉莱对此不得而知。这是在他离世后才发现的。

1944 年 6 月 16 日至 7 月 10 日，拉莱被囚禁在惩罚队，他在那里接受雅各布的拷问。

吉塔生病期间，拉莱给她弄到的药是早期的青霉素。在她的证词中，她用的名字是"prontosil"（百浪多息），这是一种非抗生素类的抗菌药物。它于1932年问世，20世纪中叶被广泛运用。

吉塔的邻居戈德斯坦夫人是名幸存者，最终回到了家乡托普拉河畔弗拉诺夫。

希尔卡被指控为纳粹同谋，判刑流放到西伯利亚做苦工。后来，她回到布拉迪斯拉发。20世纪70年代中期，吉塔拜访她两个兄弟的时候，希尔卡和吉塔见过一面，仅此一面。

1961年，斯特凡·巴雷茨基在法兰克福受审，因战争罪被判处终身监禁。1988年6月21日，他在德国巴特瑙海姆的科尼茨基－希夫特医院自杀。

吉塔于2003年10月3日去世。

拉莱于2006年10月31日去世。

加里·索科洛夫的后记

接到为这本书写后记的邀请时，我的内心是有些畏惧的。回忆从四面八方涌向脑海，我无法下笔。

我谈谈食物吗？这对我父母来说是最重要的，尤其是对我母亲，看着装满炸鸡排、冷盘和各种蛋糕、水果的冰箱，她会感到十分得意。我十一岁的时候节食过一次，这对她的创伤让我记忆犹新。一个星期五的晚上，她为我准备了我原本习惯吃的三块炸肉排，我将其中两块放回托盘的时候，我永远都不会忘记她脸上的神情。"怎么了？是我做得不好吃了吗？"她问。她很难理解我不再和过去吃得同样多了。为了弥补这一点，我的朋友来家里拜访，他和我打过招呼后径直走向冰箱。这让她很开心。我们的家总是热情好客，接受每位访客。

母亲和父亲对我想尝试的任何爱好和活动都非常支持，他们热衷于让我了解一切——滑雪、旅行、骑马、滑翔等等。他们觉得他们失去了拥抱青春的机会，不想让我错过任何事情。

成长的过程也是一段非常有爱的家庭回忆。我的父母对彼此倾注了全身心的爱，相濡以沫，至死不渝。他们身边许多朋友开始离婚的时候，我曾问过母亲，她和父亲是怎样执手相守这么多年的。她的回答非常简单："人无完人。从我们在比克瑙相遇的第一天起，你的父亲就一直照顾我。我知道他不完美；但我也知道他永远把我放在第一位。"家里总是充满了爱，特别是对我来说，他们金婚时互相拥抱、牵手、亲吻——我相信这也潜移默化地让我成为一位不吝啬表达爱和关心的丈夫和父亲。

　　我的父母都决意认为我应该了解他们都经历了什么。电视纪录片《战争中的世界：二战全史》开播的时候，我十三岁。他们经受不住和我一起观看，所以每周都会让我自己看。我记得他们播放集中营实录镜头的时候，我会在其中找我父母的踪迹。那段镜头到现在还在我脑海里挥之不去。

　　我的父亲在谈到他在集中营里的种种冒险经历的时候是放松的，但只要过犹太节日，他和其他男人围坐在桌边，聊起他们的经历——每个人都很愤慨。然而，母亲从来不谈当时的任何细节，只有一次例外，那次是她在集中营中病重濒死，她母亲的幻象来到她跟前对她说："你会好起来的。搬到一片遥远的土地，生一个儿子。"

　　我会尽量让你们了解那些年是如何影响了他们两个人的。我十六岁时，我父亲被迫停业，我从学校放学回家，只看见我们的车被拖走，"拍卖"的牌子正要挂在我家门口。屋里，母亲正在收拾我们所有的家当。她在唱歌。哇，我心里想，**他们失去了所有东西，母亲竟然还在唱歌？** 她让我坐下，告诉我家里都发生了什么。我问她："你怎么能做到收拾行李还唱歌呢？"她脸上绽出一个很灿烂的笑说道，如果你不知道下一秒自己是不是还活着，这样子活了好几年，你就没什么应付不来的了。她说："只要我们还健康地活着，一切都会变成最好的样子。"

他们还保持一些习惯。我们在街边散步，母亲会弯下腰，从地上摘下一片四叶或五叶草，因为她在集中营的时候，找到一片四叶草交给迷信它能带来好运的德国士兵，她就能得到额外的例汤和面包。而对父亲来说，情感缺失和敏感的生存本能始终伴随着他，即使是他妹妹的离世也没能让他流下眼泪。我问到他的时候，他说，经过了那么多年，看过了数不清的人的死亡，失去了双亲和哥哥，他发现他失去了眼泪——就这样，直到我母亲离世。那是我第一次见他流泪。

最重要的是，我记得家的温暖，那是一个总是充满着爱、微笑、亲情、食物和父亲冷峻又幽默的机智的地方，也是一个很棒的成长环境。我将永远感激我的父母给了我这样的生活。

致　谢

　　12 年来，拉莱的故事都以电影剧本的形式存在。我的愿望始终是让它在或大或小的屏幕上上演。它现在是一部小说，我要感谢这一路上随我前行和关注着我的人，这对我而言十分重要。

　　加里·索科洛夫——你允许我进入你父亲的生活，百分之百地支持我讲述你父母动人的故事，我很感激和珍爱这一切。相信我能做好这名讲述者，对此你坚定不移。

　　格伦达·鲍登——我共事 21 年的老板，任由我偷偷溜出去拜见拉莱和其他帮我完善小说的人。还有之前和现在在莫纳什医学中心社会工作部门工作的我的同事们。

　　我经常偷偷跑出来见面的加拿大的本能娱乐公司（Instinct Entertainment）的大卫·雷德曼、莎娜·莱文、迪安·墨菲、拉尔夫·莫斯，感谢你们多年来对这个项目的热情和付出。

　　丽莎·萨维奇和费边·德鲁苏为了"事实"那出色的调查能力，确保历史和记忆的完美交融步入正轨。非常感谢。

228

感谢维多利亚电影公司对拉莱故事原始电影剧本研究的资金支持。

乐天·韦斯——幸存者——感谢您的支持和分享你对拉莱和吉塔的回忆。

肖恩·米勒——我的律师，你很善于达成协议。谢谢。

支持我开始的人们。非常感谢你们第一时间支持我将这个故事写成小说。你们的支持让我十分感动。贝拉·泽菲拉、托马斯·莱斯、丽兹·阿特瑞尔、布鲁斯·威廉森、埃文·哈蒙德、大卫·柯德龙、娜塔莉·韦斯特、安吉拉·迈耶、苏西·斯夸尔、乔治·弗拉马基斯、阿伦·莫里斯、伊拉娜·霍尔农、米歇尔·特威代尔、莉迪亚·里根、丹尼尔·范德林德、阿祖尔－迪亚·哈蒙德、斯蒂芬妮·陈、雪花·弗利姆斯、凯西·方·米田、雷内·巴滕、杰瑞德·莫里斯、格洛里亚·温斯顿、西蒙·阿特曼、格雷格·迪肯、史蒂夫·莫里斯、苏西·艾斯菲尔德、特里斯坦·涅托、伊冯娜·德布里奇、亚伦·K、丽兹·赫胥黎－琼斯、凯利·休斯、马尔西·唐斯、珍·萨姆纳、沙尼·克莱因、克里斯·基。

如果没有优秀出色、才华横溢的安吉拉·迈耶，澳大利亚邦尼出版公司的编辑，这本书和它所生发出的所有内容都不会存在。我永远欠你一份情，我心里一直很感激，就像对拉莱一样。你怀着与我相同热情和渴望接受了这个故事。随着故事的展开，你和我一起哭泣一起欢笑。我在你身上看到了设身处地的样子。拉莱和吉塔的苦难和爱情你都能感同身受，是你鼓舞我尽全力完成写作。谢谢一词并不能诠释我的感谢，但我还是由衷感谢。

除了安吉拉，这本书的出版还有赖于凯·斯嘉丽，设计了完美封面的桑迪·卡尔，还有内文排版的肖恩·尤里。审稿人内德·彭南特－雷和塔利亚·贝克，还有终稿的校对安娜·武契奇。额外的编辑协助，凯思·费尔拉和凯特·戈兹沃斯。负责最终出版流

229

程的克莱夫·赫巴德。我非常感谢你们。

由凯特·帕金带领的邦尼出版公司伦敦团队十分推崇这本书，并尽其所能致力于将这本书带向世界的更多地方。我永远感谢他们。谢谢你，凯特。马克·史密斯、露丝·洛根，谢谢。邦尼出版的理查德·约翰逊和朱利安·肖就看到了这个故事的价值。

我的哥哥伊恩·威廉姆森、嫂嫂佩吉·谢伊腾出加利福尼亚大熊市的房子，让我在隆冬时节完成初稿的写作。谢谢你们，还有舒适的环境，用艾德蒙·希拉里爵士的话来说："我赢了那个混蛋。"

还要特别感谢我的女婿埃文和嫂嫂佩吉，你们在我决定将剧本改成小说的过程中起到了举足轻重的作用。你们知道的！

谢谢我的兄弟们，约翰、布鲁斯和斯图尔特，你们毫无保留地支持我，还告诉我父亲和母亲会为我感到自豪。

我亲爱的朋友，凯西·方·米田、帕梅拉·华莱士，你们多年来给予我的爱和支持让这个故事以多种形式面世，我的感谢无以言表。

我的朋友哈里·布吕施泰因给予了我多年来的关注和写作建议，我希望我领悟到了，所做的能让你感到满意。

感谢墨尔本大屠杀博物馆，拉莱多次担任我"活生生的"向导带我来这里。博物馆让我见到拉莱和吉塔从中幸存下来的世界。

我的儿子阿伦和杰瑞德敞开心扉接受拉莱，让他融入我们的家庭生活，感受到爱和尊重。

我的女儿阿祖尔－迪亚。你十八岁的时候见到拉莱，和吉塔见到他的时候一样。他告诉我第一天见到你，他就开始爱上了你。接下来的三年里，每次我见他，他的开场白总是："你过得怎么样？你那位漂亮女儿怎么样？"谢谢你让他偶尔逗弄你，也谢谢你让他的脸上浮现出笑容。

致我孩子的伴侣们——布朗温、丽贝卡和埃文，谢谢你们。

史蒂夫，和我共度 40 多年的亲爱的丈夫。我记得有一次你问我是否应该嫉妒拉莱，毕竟我花了那么多时间和他在一起。应该，也不应该。当我沉浸在拉莱分享给我的故事的恐怖之中，回到家深陷沮丧时，你一直在我身边。你打开家门让他进入到我们的家庭之中，尊敬他，尊重他。我知道你还会在我身边陪我走完这段旅程。

著作权合同登记号：图字 18–2019–337

图书在版编目（CIP）数据

奥斯维辛的文身师 /（澳）希瑟·莫里斯
（Heather Morris）著；栾天宇译 . —— 长沙：湖南文艺
出版社，2020.2
书名原文：The Tattooist of Auschwitz
ISBN 978-7-5404-9391-2

Ⅰ.①奥… Ⅱ.①希… ②栾… Ⅲ.①长篇历史小说
—澳大利亚—现代 Ⅳ.① I611.45

中国版本图书馆 CIP 数据核字（2019）第 265139 号

上架建议：**外国文学·畅销小说**

AOSIWEIXIN DE WENSHENSHI

奥斯维辛的文身师

作　　者：〔澳〕希瑟·莫里斯（Heather Morris）
译　　者：栾天宇
出 版 人：曾赛丰
责任编辑：刘诗哲
策划机构：雅众文化
策 划 人：方雨辰
监　　制：陈希颖　秦　青
策划编辑：林小慧
特约编辑：赵　磊　孟雨慧　张　卉　陈婷婷
营销编辑：张　琳　刘晓晨
封面插画：Lorenzo Conti
装帧设计：山川制本 workshop
出　　版：湖南文艺出版社
　　　　　（长沙市雨花区东二环一段 508 号　邮编：410014）
网　　址：www.hnwy.net
印　　刷：山东临沂新华印刷物流集团有限责任公司
经　　销：新华书店
开　　本：880mm×1230mm　1/32
字　　数：194 千字
印　　张：7.5
版　　次：2020 年 2 月第 1 版
印　　次：2020 年 2 月第 1 次印刷
书　　号：ISBN 978-7-5404-9391-2
定　　价：49.80 元

若有质量问题，请致电质量监督电话：010-59096394
团购电话：010-59320018